천산마제

일룸 新무협 판타지 소설

FANTASTIC ORIENTAL HEROES

천산마제 7

일류 新무협 판타지 소설

초판 1쇄 찍은 날 § 2010년 9월 18일
초판 1쇄 펴낸 날 § 2010년 9월 27일

지은이 § 일류
펴낸이 § 서경석

편집팀장 § 서지현
편집 § 주소영 · 어정원

펴낸곳 § 도서출판 청어람
등록번호 § 제1081-1-89호
등록일자 § 1999. 5. 31
어람번호 § 제2-1981호

주소 § 경기도 부천시 원미구 심곡2동 163-2 서경B/D 3F (우) 420-822
전화 § 032-656-4452 팩스 § 032-656-4453
http://www.chungeoram.com
E-mail § chungeoram@chungeoram.com

ⓒ 일류, 2010

ISBN 978-89-251-2301-1 04810
ISBN 978-89-251-2081-2 (세트)

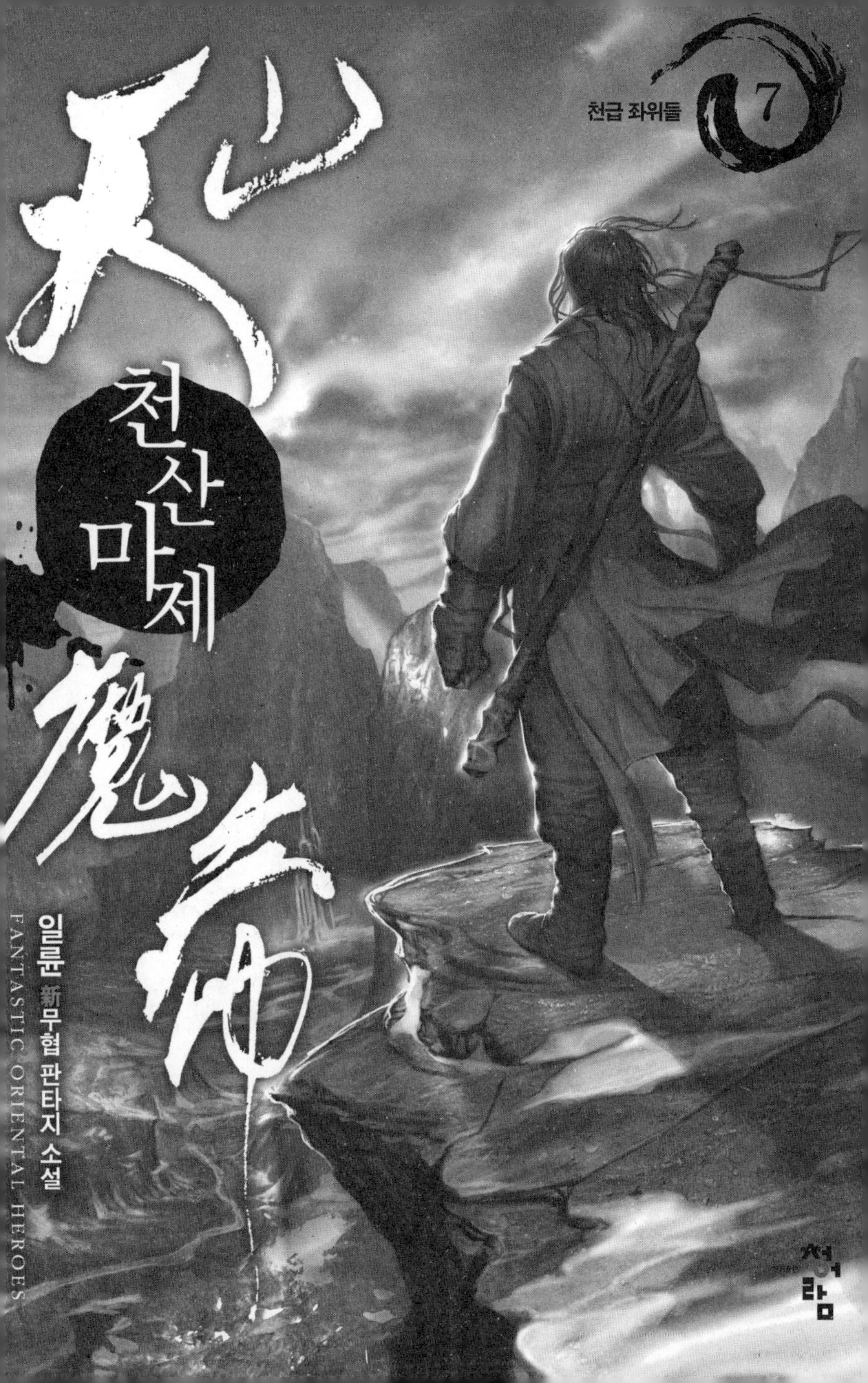
천급 좌위들
7
천산마제
일륜 新무협 판타지 소설
FANTASTIC ORIENTAL HEROES
청어람

目次

第一章

백마제후

천산마제

경천수라는 허공으로 신형을 쭉 잡아 올리자마자 곧장 용악을 향해 손을 뻗었다.

손끝으로 몰려드는 힘으로 인해 근질거린다. 이것이 혈수라를 유지하고도 넘쳐 나는 힘인 것이다.

'이것이야말로 진정한 나다!'

경천수라의 눈에서 광채가 흘러나왔다.

손가락에서 빠져나간 붉은 빛은 용악의 몸까지 순식간에 도착했고, 그대로 몸을 뚫고 지나칠 것처럼 더욱 속도를 냈다.

막 붉은 빛이 용악의 몸에 닿으려는 순간, 용악은 미미한 움직임을 보였다. 살짝 돌아선 것도 같았고, 어깨를 움찔거린 것도 같았다.

그러나 그 미미한 움직임의 결과는 의외로 엄청났다.

용악의 몸을 관통했어야 하는 붉은 빛이 호신강기에 막히기라도 한 것처럼 허공에서 폭발을 일으키며 사라졌기 때문이다.

퍽!

"……!"

경천수라는 용악이 펼친 수법을 봤다.

아주 가볍게 손을 터는 동작, 분명 그렇게 보이는 움직임이었는데 혈지정(血指精)이 터져 버리고 말았다.

경천수라가 던진 것은 눈 뭉치나, 돌멩이 따위가 아닌 엄청난 진기가 함축된 지력이었다. 그런 지력을 용악은 귀찮은 파리 쫓듯이 그렇게 물리친 것이다.

'오성 정도로는 안 된다?'

경천수라의 안광이 더욱 붉은빛을 띤 순간, 용악을 둘러싸고 있던 다섯 명의 공격이 시작됐다.

경천수라는 한 번 더 손을 쓰려다 입맛을 다시며 손을 거두었다. 천급 좌위 셋과 원로 둘의 합공을 용악이 어떻게 막아내는지 봐두려는 것이다.

용악은 이내 경천수라에게서 시선을 떼며 아무런 표정도 없이 다섯 명의 합공을 받아냈다.

'려군 덕분에 좋은 걸 깨달았다. 천마인을……'

용악은 경천수라의 혈지정을 손으로 막지 않았다.

움직인 적도 없었다.

용악의 몸은 고요한 수면이었고, 경천수라의 혈지정은 그 위로 떨어지는 돌이었다. 돌이 떨어지는 위치를 알고 있는 이상 막아내지 못할 이유는 없었다.

기벽과 비슷한 형태의 기의 운용이었지만 위력 면에서는 큰 차이가 있었다. 천마인에 닿은 경천수라의 혈지정이 흔적도 없이 사라진 것이다.

천급 좌위 셋과 백마신교의 원로 둘은 조금 전에 벌어진 상황을 전혀 알지 못하고 허점을 발견하기라도 한 사람들처럼 달려들었다.

'천마… 인.'

용악을 이리저리 내팽개치던 도왕.

한 명을 옆에 끼고도 용악을 눈앞에서 따돌렸던 사마중경.

용악은 그들 둘과 만나고 헤어졌지만 한 번도 잊은 적이 없었다. 아니, 오히려 머릿속에서는 몇십, 몇백 번의 싸움을 해왔다.

도왕의 도와 부딪치고도 밀리지 않을 수 있고, 천마등등공을 펼치면서도 사마중경을 공격할 수 있는 수법이 있었다. 천마의 상징이랄 수 있는 천마인이 그것이었다.

용악은 다가오는 다섯 개의 기를 가만히 바라보기만 했다. 고요한 수면 위로 하나둘씩 떨어지길 기다리며 손을 움직였다.

'점, 선, 면. 그 모든 것은 하나에서 나온다.'

용악은 자연스럽게 검지와 소지를 세우고 중지와 약지를 엄지로 눌렀다.

손의 모양이 뿔을 세운 악마의 모습으로 바뀌는 순간, 용악의 주위로 엄청난 회오리가 일어났다가 사라졌다.

쾅!

"컥!"

"큭!"

천급 좌위들과 원로들이 일제히 비명을 내지르며 뒤로 튕겨 나갔다.

'한 번에 저들을 전부! 도대체 어떻게 한 거지?'

경천수라의 표정이 딱딱하게 굳었다.

천급 좌위 셋과 원로 둘은 그 역시 상대할 수 있었다. 아니, 지금처럼 혈수라가 된 상태에서는 전부 죽이는 데 십초도 필요없었다.

그러나 용악은 단 일 초에 끝냈다.

바닥에 떨어진 다섯 명의 몸이 꿈틀거리다 이내 지면과 붙어버렸다.

"천마의 무공 중에 그런 것도 있었나?"

경천수라는 바닥에 쓰러진 자들에겐 시선도 주지 않았다. 이미 죽었다는 것을 아는 까닭이다.

"천마인."

"천마의 인장!"

경천수라가 믿기지 않는다는 눈으로 용악을 쳐다봤다. 그가 알고 있는 천마인과 눈앞에서 펼쳐진 천마인은 큰 차이가 있었기 때문이다.

"천마인에 대해 아느냐?"

"…알지, 직접 본 것은 아니지만… 그것에 의해 돌아가신 분을 알지."

경천수라의 목소리가 가라앉았다.

천마인은 그의 아버지로부터 전해 들었다.

천마인이 할아버지를 죽였다는 말을.

"어디 혈수라에도 통하는지 보자."

경천수라가 막 움직이려 할 때였다.

"사도들이 왔다!"

누군가의 외침에 의해 경천수라의 시선이 뒤쪽을 향했다.

천마구로 중 둘을 물리치며 장내에 내려서는 일곱 명의 청년이 보였다. 지금까지 모습을 보이지 않았던 일곱 사도였다.

"늦었구나, 일곱 사도."

경천수라의 말을 듣기나 했는지, 일곱 사도는 장내에 내려섬과 동시에 아연실색한 표정으로 주위를 둘러보았다.

공투와 열 구의 혈강시, 무지막지하게 강해 보이는 아홉 명의 노인, 그리고 용악을 따라갔던 려군까지.

선두에 섰던 나철이 경천수라를 똑바로 쳐다봤다.

"천마를 죽일 때까지 원로들과 이곳을 수습해라."

경천수라는 항상 그래 왔듯이 짧게 명령을 내렸다. 하지만 당연히 움직여야 하는 일곱 사도가 꼼짝도 하지 않았다.

나철은 고개를 절레절레 흔들었다.

그 모습에 경천수라의 미간이 꿈틀거렸다.

"내 말이 들리지 않느냐, 일곱 사도?"

"들립니다."

나철이 이를 악물며 대답했다.

경천수라에게 묻고 싶은 말이 많았으나 차마 입을 열지 못한 것이다.

그때, 그런 나철의 귀로 맑은 목소리가 들려왔다.

"교도들을 전부 이곳으로 모은 이유가 뭐죠?"

려군이었다.

"흐흐흐. 당연한 걸 왜 묻느냐? 백마신교의 꿈을 이루기 위해서다!"

"그런 사람이 교도들의 죽음을 수수방관하고 있나요? 교주님에 이어 이제는 교도들까지 전부 죽이려 하는 건가요?"

"닥쳐라, 신녀!"

"닥칠 사람은 내가 아니라 당신이에요."

려군의 지친 목소리에는 묘한 설득력이 담겨 있어서 대화가 이어질수록 사람들을 하나둘씩 물러서게 만들었다.

장내는 이내 정적이 흘렀다.

"천마께 감히 청합니다!"

정적을 틈타 려군이 용악에게 외쳤다.

용악이 려군에게로 천천히 고개를 돌렸다.

"저항하지 않는 교도들은 살려주세요!"

한쪽 무릎을 꿇은 채 려군은 최대한 진심을 담아 외쳤다.

"내가 왜 그래야 하지?"

"사파의 주인이시잖습니까!"

려군의 진심이 묻어나는 말이었다. 비록 백마신교도들을 살리기 위해 이곳에 온 것은 아니었으나, 더 이상은 보고만 있을 수 없었던 것이다.

"…시마, 맡기겠다."

용악은 잠시 려군을 보다가 이내 공투에게로 시선을 돌렸다.

"맡겨주십시오!"

공투는 용악의 말이 떨어지기 무섭게 외치며 려군과 똑같은 자세를 취했다. 두 사람의 외침으로 어느새 장내의 주인은 용악이 되고 말았다.

"어림없는 소리!"

쾅!

공투의 외침이 끝남과 동시에 달려들었던 교도 중 한 명이 혈강시 두 구에 의해 땅속으로 박혔다.

"끄악!"

두 번째 비명 소리는 천마구로가 있는 곳에서 들려왔다. 교도 중 한 명이 천마십일로의 검에 의해 세로로 쪼개지며 낸 소리였다.

공투와 천마구로는 등장부터 강했으나, 용악의 허락이 떨어진 후에는 더욱 강해졌다. 용악이 있다는 사실 하나만으로 그것은 가능했다.

"우리의 운명을 누가 좌지우지한단 말인가."

나철이 조용히 읊조렸다.

십동에 도착하는 순간 이미 절망할 수밖에 없는 상황이란 것을 알고 있었다. 그러면서도 막상 눈앞에서 죽어가는 교도들을 보자 속에서 끓어오르는 화를 참지 못하고 나선 것이다.

"나 사도……."

"우린! 우리를 함부로 취급하는 저자도 싫지만… 우리를 짐짝 취급하는 신녀도 싫소."

나철은 이를 악물며 말했다.

일곱 사도가 려군의 곁으로 온 데에는 그녀가 백마신교의 신녀로 되돌아왔다고 여긴 까닭이었다.

"나 사도, 제 말을 끝까지 들으세요."

"들을 필요 없소."

"들어야 해요! 백마신교는 스스로 무너졌어요. 꿈을 이루기 위해 평생을 바치신 교주님이 경천수라에 의해 죽임을 당하신 순간, 사라졌어요. 이제 백마신교의 꿈을 누가 이룰 건가요?"

'누가?'

나철은 려군의 질문에 자신있게 대답하지 못했다.

백마신교의 꿈은 자랄 때부터 들어왔지만, 그것을 누가 이루어야 한다는 것은 들은 적이 없는 까닭이다.

"저분이라면 이루어주실 수 있으세요. 백마신교의 꿈이… 저분께는 지나가야 할 길이니까요."

려군의 목소리엔 기이한 힘이 담겨 있어서 듣고 있는 사람을 한없이 흔들리게 만들었다.

나철의 눈동자가 흔들렸고, 다른 사도들 역시 같은 반응을 보였다. 나철과 만화로부터 용악에 대해 들은 후이기 때문이다.

"우, 우릴 보고 저자의 밑으로 들어가란 말이오?"

"받아주신다면……."

려군은 그 말이 나철을 얼마나 작게 만드는지 잘 알고 있었지만 그래도 해야 했다.

"난 신녀의 뜻에 따르기로 했다."

'묵 사도!'

려군은 깜짝 놀라 앞으로 나선 묵환을 돌아봤다.

"우리와는 다른 사람이다."

묵환의 목소리가 다시 흘러나왔다.

"다르긴 다르군, 묵 사도까지 넘어가게 한 걸 보면."

"혈수라… 대단한 무공이지. 나의 태묵신이 완성되면 혈수라처럼 되지 않을까 고민했던 적이 있을 만큼. 하지만 그 대단한 무공도 천마 앞에선 소용없다."

"……!"

나철은 묵환의 입에서 저렇게까지 단정적인 말이 나올 줄은 생각지도 못했다는 표정을 지었다. 누구보다 혈수라의 힘을 잘 아는 사람이 묵환이기 때문이다.

묵환의 말이 끝나기 무섭게 일곱 사도는 동시에 용악과 경천수라를 돌아봤다. 아직도 두 사람은 서로를 노려본 채 움직이지 않고 있었다.

"그런 자가 어째서 교주 앞에서 꼼짝도 않고 있는 거지?"

나철이 인상을 쓰며 물었다.

대답을 바라는 질문이 아니었다.

'천마께 드린 힘이 아직 돌아오지 않았다. 조금 전의 격돌에서 조금도 힘을 소진시키지 않으셨다는 뜻인데… 나 사도의 말처럼 어째서 가만히 계시는 거지?'

려군은 뭐라도 대답을 해주고 싶었으나 용악의 심중을 알 수 없어 침묵했다.

그때, 려군과 여덟 사도의 앞으로 공투가 떨어져 내렸다.

"아직 결정을 내리지 못했다면 서두르는 것이 좋다."

"뭐라고?"

나철이 날카롭게 공투의 말에 반응했다.

"소리 지르지 마라, 주군의 명령이 아니었으면 아무렇게나 구겨져 땅에 처박힐 놈들이……."

"뭐야!"

나철이 버럭 소리를 지르며 도를 꺼내려 할 때, 그의 양옆으로 불쑥 그림자 두 개가 나타나더니 그대로 어깨를 짓눌러 버렸다.

"한 번 더 말해준다. 주군께서 움직이시면 그걸로 끝이다. 그때는 아무리 부탁해도 늦어. 백마신교도들을 걱정했느냐? 그럼, 살릴 놈과 죽일 놈을 구별해. 지금 하지 않으면… 전부 죽는다."

공투는 파천마궁의 궁도들이 어떻게 명맥을 유지할 수 있었는지 황보세가에 가서 알게 됐다, 악승의 빠른 결정 덕분에 그나마 살 수 있었다는·것을.

슉.

경천수라가 먼저 움직였다.

붉은 몸이 둥그렇게 말렸다가 확, 펴지더니 혈지정과 비슷한 빛을 수도 없이 용악에게 쏘아댔다.

선명한 붉은 빛들.

굶주린 늑대들의 이빨처럼 용악의 몸을 찢어발길 듯이 다가왔다.

용악은 손가락을 모은 상태로 붉은 빛들을 바라봤다.

피할 수 있었지만 피하지 않았다.

손을 들어 다가오는 붉은 빛을 맞이해 주었고, 붉은 빛이 손에 닿을 때 천마수에 모인 힘을 발산시켰다.

투하— 악—!

일부러 피하지 않은 것이다.

'어디 막을 수 있으면……'

경천수라는 다가오는 묵빛을 보며 입꼬리를 일그러뜨렸다. 하나 용악이 무슨 생각을 하고 있는지 짐작이라도 했다면 결코 그런 표정은 지을 수 없었을 것이다.

파— 학!

용악의 손에서 시작된 묵빛은 작은 소리를 동반했다.

소리는 작았으나 이내 경천수라의 눈이 커지도록 만들었다.

경천수라는 천마인이 어떤 형태로 발출되는지 살피기 위해 칠성 정도의 힘을 사용했다.

용악의 방어를 보고 다음 공격을 결정하려는 것이다.

그러나 관찰할 수 있는 시간은 무척 짧았다.

용악의 손에서 묵빛이 번쩍인다 싶더니 곧 악마의 형상으로 화했고, 입을 쩍 벌리며 혈지정 다발을 먹어버렸다.

"헉!"

경천수라는 난생처음 보는 기이한 광경에 기함을 질렀다.

단연코 한 번도 보지 못한 형태의 무공이었다.

혈지정은 이미 흔적도 없이 사라졌다.

경천수라의 몸이 새빨갛게 물들며 혈수라로 화했다.

전력을 다한 혈수라의 몸이 곧장 용악을 향해 쏘아져 나갔다.

쾅!

"……!"

혈수라로 변했음에도 경천수라는 전신의 털이 곤두서는 충격에 휩쓸렸다.

'겨, 겨우 저 손에서 나온 힘이 나를? 마치 저놈 안에 잠들어 있던 악마가 나온 것 같다. 몸속에 악마를 키우고 있기라도 했단 말이냐?'

경천수라는 묵빛 악마 형상의 입에 물려 옴짝달싹도 못한 채 눈만 크게 치떴다. 무형의 기가 유형화된 악마의 입은 이내 엄청난 힘으로 경천수라의 몸을 압박해 왔다.

버텨야 한다! 오직 그 생각만으로 경천수라는 자신의 모든 진기를 뿜어내며 대항했다.

그러자 경천수라를 물어뜯던 악마의 입이 서서히 힘을 잃어 갔다.

'됐다!'

경천수라의 입가에 악독한 미소가 떠올랐다.

용악의 힘이 떨어졌다고 판단한 것이다.

경천수라는 혈수라의 기운을 양손에 모으고 악마의 입을 잡 아 찢듯이 힘껏 벌렸다.

그러자 악마의 입에서 어느 정도 몸을 빼낼 수 있게 됐다.

"놈!"

경천수라는 자신있게 소리치며 당황하고 있을 용악에게 비 웃음을 날리려 했다. 하나 용악은 경천수라의 안간힘을 다한 방어를 지켜보며 조금의 미동도 없이 제자리에 서 있었다.

그 오연함을 접하는 순간 경천수라는 할 말을 잃고 이를 갈 아야 했다. 그런 와중에도 달라진 용악의 모습이 들어왔다.

용악은 한 손이 아닌 양손을 들고 있었다.

"…조금만 빨리 바꿨어도……."

혼잣말을 하는 용악의 시선은 경천수라를 보지 않고 있었 다. 무언가 골몰하다 툭 튀어나온 말인 모양이다.

'저, 저놈 나를 보고 있지도 않다.'

경천수라는 한순간 허탈해지고 말았다.

용악의 혼잣말이 의미하는 것을 깨달은 까닭이다.

"진정한 혈수라를 보여주⋯⋯!"

퍼버벅!

"컥!"

경천수라의 말이 채 끝나기도 전에 요란한 음향이 그의 몸에서 터져 나왔다.

"보여주지 않아도 된다. 천마인은 하나가 아니다. 아무리 단단해도 힘들 테니까."

용악은 손을 거두며 돌아서서 땅으로 내려섰다.

푸— 학—!

용악이 땅에 내려서자마자 뒤쪽에서 연속된 음향이 들렸다. 경천수라의 몸에서 난 소리임을 지켜보던 모든 사람들은 알 수 있었다.

"이럴 수가⋯⋯."

혈강시 두 구에 의해 땅에 파묻힌 나철을 제외한 여섯 명의 사도가 일제히 어이없다는 목소리를 냈다.

경천수라는 백마신교에서 태어나 자란 그들에게 있어서 본이 되던 자였다. 그들의 우상이나 마찬가지인 경천수라를 용악이 죽여 버린 것이다.

충격은 삽시간에 백마신교도 전체로 퍼져 나갔다.

"감히 교주님을!"

교도 중 몇십 명이 일제히 소리치며 막아선 천마구로를 향해 돌진했다. 하나 그들의 실력으로는 천마구로의 옷자락 하나 건드리는 것도 쉽지 않았다.

콰콰콰콰!

천마구로 중 세 사람이 동시에 천마삼검을 펼치자 공격하던 자들의 공세는 순식간에 사라졌고, 무방비 상태의 그들 몸에 몽글거리며 핏방울이 배어났다.

"그만!"

지켜보던 만화가 더 이상 참지 못하고 외쳤다.

"보고도 모르겠습니까! 우리 전부가 덤벼도 천마는 물론이고 이들조차 상대할 수⋯ 없습니다."

만화의 눈이 곧이라도 피눈물을 흘릴 것처럼 붉어졌다. 백마신교의 꿈이 눈앞에서 무너졌다. 사도 중 한 명으로서 살아남은 교도들을 살릴 방법을 선택해야 했다.

"만 사도, 옳은 선택이었어요. 모두 운명이에요. 백마신교는 새롭게 태어날 거예요. 지금은 물론 화가 나겠지만, 그것이 옳아요."

려군이 다가와 만화의 팔을 잡았다.

"그건 인정할 수 없소."

만화가 턱을 굳게 다물며 려군의 손을 뿌리쳤다.

그런 만화에게 무언가 날아갔다.

혈강시에게 눌렸던 나철의 신형이었다.

"주군께서 오신다, 지껄이는 건 나중에 하도록."

공투가 짧게 명령조로 말을 하고는 다가오는 용악을 향해 한쪽 무릎을 꿇었다.

"려군, 이리로."

용악이 몇 걸음 다가오다 려군을 불렀다.

그러자 려군의 신형이 허공으로 떠오르더니 그대로 용악의 앞까지 날아갔다.

'엄청난 허공섭물!'

만화의 눈이 휘둥그레졌다.

"오늘부터 려군은 백마제후가 된다."

용악은 려군을 가리키며 말했다.

"백마제후……."

"이곳에서 살아남은 자들을 네가 거두어라."

"저는……."

"싫은가?"

"……."

"그럼 어쩔 수 없지."

"맡겠습니다!"

용악이 무언가 결정을 내리려 하자 려군이 재빨리 외쳤다.

왜 그런 결정을 내렸는지 려군은 말을 하고 나서 깜짝 놀랐다. 용악이 이곳까지 온 이유는 사파일통 때문이었다.

그런 사람이 자신에게 백마신교를 맡긴다?

이유는 굳이 생각하지 않아도 알 수 있었다.

"백마제후, 이곳을 정리하는 대로 시마와 함께 신녀에게 돌아가."

"같이 가지 않으십니까?"

려군이 의아한 눈으로 용악을 쳐다봤다.

"나는 아직 할 일이 남아 있다. 아까 준 것은 잘 사용했으니
이젠 돌려주마."

말을 마친 용악이 불쑥 려군의 손을 잡았다.

"저런……."

"네가 나설 자리가 아니야."

공투가 나서려는 묵환을 막아섰다.

"신녀를 함부로……."

"주군께서 제후로 임명하셨다. 앞으로는 그렇게 부르지 말
도록 해라. 그리고 주군께선 제후를 여자로 보시지 않는다. 걱
정 마라."

"……."

공투의 예리한 한마디가 묵환의 마음을 베어버렸다.

지켜본 사람이라면 누구라도 알 수 있는 일이었으나 정작
당사자인 묵환은 잘 숨겼다고 여긴 모양이다.

"제후가 되기 위한 무언가를 주시겠지, 내게 그러셨던 것처
럼."

공투는 용악이 무엇을 하려는지 짐작하고 있었다.

십대마인 중 한 명이 또 탄생하려는 것이다.

용악은 공투나 황무에게 했던 것처럼 하면 될 줄 알고서 려
군의 몸을 살피듯이 기를 침투시켰다.

'음?'

용악의 담담하던 눈에 이채가 감돌았다.

려군의 내부로 들어간 용악의 진기가 힘을 잃고 흩어졌기 때문이다.

용악이 당황하는 것을 보고서 려군이 빙긋 웃었다.

왜 그러는지 다 안다는 눈빛이었다.

"제 몸이 원래 특이한 체질이에요."

려군의 대답이 용악에게 더욱 신기했다. 마치 자신의 몸에서 일어나고 있는 변화를 알기라도 하는 것처럼 대답한 탓이다.

"무공을 익히지 않았구나?"

"말씀드렸잖아요. 특이한 체질이라고요."

"무공을 익히지 않았음에도 내 진기를 흡수한 건가?"

"기름에 물을 부으면 섞이지는 않아도 그릇에 담기기는 하잖아요. 그렇게 생각하시면 되지 않을까요?"

'기름과 물……'

기를 흐르게 할 수 있는 경로가 없거나, 단전이 존재하지 않으면 일어날 수 없는 일이었다.

"천마께서 제 손을 잡으신 순간 힘은 되돌아왔습니다. 제 체질이 특이해서 놓치신 진기는 되찾기 힘드실 거예요."

"무공도 익히지 않고, 단전도 없으면서 진기를 갈무리할 수 있다고?"

"예."

용악의 상식으론 이해할 수 없는 상황이었으나 려군의 표정을 보면 정말로 괜찮은 것 같기도 했다.

"참, 여덟 사도는 곧 혈교의 한 축을 맡아 충분히 제 몫을 할 것입니다. 염려하지 않으셔도 됩니다."

"그보다… 어떻게 한 거지?"

용악이 자신의 몸 안에서 일어났던 현상에 대해 자세한 설명을 해보라는 말임을 려군이 모를 리 없었다.

"전하고 또 다른 느낌이더구나."

"다른 사람의 무공을 보는 즉시 따라 할 수 있는 무골이 있듯이, 다른 사람보다 혼을 다루는 것에 익숙한 체질도 있는 법이지요."

"혼?"

"힘을 실재와 작용으로 구분하면 두 가지가 됩니다. 그것을 어떻게 인지하느냐에 따라 실재인 무공과 작용의 원인을 제공하는 혼으로 나뉩니다. 제게 있어 힘이란 바로 후자인 작용의 원인입니다. 본능적으로 제 혼이 그것을 만들어내지요. 조금 전에 천마께서 느끼셨던 것이 그것일 거예요. 반응하는 형태가 다르기에 진기는 제게 해를 끼칠 수 없지요."

려군은 잠시 말을 멈추고 용악을 바라봤다.

이해가 가느냐는 눈이었다.

'진기에 반응하는 형태가 다르다?'

용악은 려군의 손을 잡는 순간 일어났던 현상과 그전에 전신을 덮어주던 알 수 없는 힘을 기억하고 있었다. 용악의 반응과는 무관하게 일어난 일이었으나 형태가 다르다는 것엔 이견이 없었다.

"전이는 이미 경험해 보셨을 테니 설명드리지 않겠습니다. 천마께서 느끼신 기분은… 제 일부를 회수하면서 일어난 변화예요. 천마께는 아무런 피해를 주지 않지만 일시적인 공백을 느끼셨을지도 모르겠네요."

"이화유능제에서 자유로웠던 것도 그럼……."

"제가 받아들이지 않으려고 하는 한 혼이 아닌 것, 무형의 기까지 포함된 모든 종류의 기는 제 몸을 침범할 수 없습니다."

"……."

용악은 멍한 표정을 지었다.

려군의 말을 전부 이해하는 것은 불가능했다.

용악의 상식을 벗어난 말들을 무슨 수로 완벽하게 이해할 수 있단 말인가? 하지만 용악의 고개는 미미하게 끄덕여지고 있었다.

"내가 한 결정이 잘한 일인지 모르겠구나."

려군을 백마제후로 명한 것을 말하는 것이다.

"천마께서 내리신 결정은 그 어떤 것도 옳습니다. 옳아야 한다면 그리 만들도록 하겠습니다."

려군은 대답과 함께 활짝 웃었다.

그 모습에 용악은 또 한 번 멍해지고 말았다.

'이런 여인을 곁에 두고도 왜 저자는 멍청한 짓을 한 거지?

용악이 슬쩍 자신의 뒤를 돌아봤다.

경천수라의 멍청함을 이해할 수 없는 까닭이다.

"운명이겠죠."

려군이 용악의 마음을 들여다보기라도 한 것처럼 말을 꺼냈다.

"내 속도 들여다볼 수 있나?"

"경천수라를 돌아보시는 걸 보니 그러셨을 거라 여겼습니다."

"운명… 그럴지도. 알았다. 이곳은 시마와 상의해서 정리하고 돌아가라."

"알겠습니다."

"그럼 이제 시작해 볼까?"

용악이 고개를 돌려 사마중경, 진과 휴가 사라진 방향을 쳐다봤다.

*   *   *

"제길!"

진은 사마중경의 등을 노려보며 소리쳤다.

사마중경을 쫓는 순간부터 지금까지 두 사람은 사마중경과 거리를 전혀 좁히지 못했다.

'누구지? 강호에 이런 노인이 있다는 소릴 듣지 못했다. 풍기는 기운만 놓고 보면 결코 대인의 아래가 아니다. 이런 기운을 풍길 수 있는 자는… 권왕?

진으로서는 당연한 생각이었다.

그들을 이 정도로 쉽게 대할 수 있는 고수는 삼왕을 제외하면 없다고 여기는 까닭이다.

"진, 저 노인네가 누군지 알겠냐?"

"그런 것까지 생각할 겨를이 있으면 거리부터 좁혀."

"큭."

"큭?"

"간격? 큭큭. 진, 아직도 모르겠냐? 저 노인은 우리가 따라갈 수 있을 정도로만 움직이고 있어."

'그러고 보니……'

진은 휴의 말을 듣고서 깜짝 놀란 표정을 숨기지 않았다.

"오늘, 아주 가지가지 하는구나. 천마란 괴물에, 놈 못지않은… 아니지, 저 노인은 놈보다 더 엄청난 괴물이지. 하루에 괴물을 둘이나 만나다니. 큭."

'휴가 괴물이란 표현을 두 번이나 사용해?'

진은 또 한 번 놀란 눈이 됐다.

휴는 사마중경을 두려워하는 표정은 아니었으나 언제든 출수할 준비를 마친 상태이기도 했다.

싸우기도 전에 휴를 긴장시킬 상대?

지금까지 진은 그런 자를 본 적이 없었다.

"노인, 어디까지 갈 생각이지? 이쯤에서 시작하지?"

휴가 멈춰 서며 사마중경을 도발하듯이 말했다.

사마중경은 휴의 말이 끝나자마자 거짓말처럼 허공에 신형을 멈춘 채 몸을 돌렸다.

"시작? 뭘 시작하자는 게냐?"

십동에서 진과 휴를 대하던 사마중경의 목소리가 아니었다. 상대를 짓누르는 힘이 담겨 있었다.

"우릴 따라오게 만든 목적이 있을 거 아니야. 그걸 하자고."

휴는 오히려 여유로워졌다. 사마중경이 감정을 드러냈다는 것은 휴와 진을 신경 쓰기 시작했다는 또 다른 의미도 될 수 있기 때문이다.

"그럼 둘 중 누가 남겠느냐?"

"큭. 언젠 둘이 함께 오라더니? 뭐, 그것도 나쁘진 않겠지. 진, 내가 먼저 한다. 양보하란 소릴 하면 너부터 죽을 각오해."

"휴, 순서는 아무나 먼저 해도 상관없지만… 저 노인이 한 말은 그런 뜻이 아니다."

진이 휴를 보지도 않고 말했다.

"그나마 멀쩡하게 생긴 놈이 낫군. 너로 하마."

사마중경이 진을 향해 씨익, 웃었다.

그러자 진은 오한이 도는 것처럼 몸을 떨었다.

'나를 살려주겠다는 뜻이다.'

진이 사마중경의 말을 제대로 이해했다면 그랬다.

"진, 무슨 말인지 말해주지 않을 셈이냐?"

"저자는 지금 우리 둘 중 누구를 살려줄지 고민하고 있다."

"큭. 황당한 노인네군."

"전혀 황당하지 않다. 내가 보기에……."

"어쨌든 나보다 너를 택했잖아. 오랜만에 몸 풀려는 내겐 무척 좋은 소리기도 하고."

휴는 홀가분해진 표정으로 사마중경을 향해 '우드득' 손을 풀었다.

"들짐승 같은 놈이로군."

"뭐, 틀린 말은 아닌데… 투덜댔다가는 처음부터 안 봐줄 것 같으니 미리 엄살 좀 떨어야겠소."

"엄살 떨면 봐줄 것 같고?"

"한 번은."

"어떻게 하면 봐주는 게 되는 게냐?"

"반격하지 말고 막기만 해주쇼."

"알았다."

사마중경은 흔쾌히 휴의 요구를 들어주었다.

지켜보던 진의 눈빛이 순간적으로 변했다.

'반격하지 않는다고? 그럼…….'

진도 휴의 옆으로 다가갔다.

"진, 너는 쉬어."

"당신의 정체는 모르지만 한 입 갖고 두말할 사람은 아니라 여겨도 되겠소?"

진이 휴의 말을 무시하며 사마중경을 똑바로 쳐다봤다. 영리한 자들이 무언가 확신했을 때나 지을 수 있는 눈빛이 진에게서 흘러나왔다.

"일단 주변부터 정리하고 받아주마."

사마중경이 양손을 펼쳤다.

그러자 진과 휴는 눈동자를 돌려 서로를 바라보자마자 곧바로 움직였다. 사마중경의 의도를 알고 있기에 합공을 펼치려는 것이다.

"고얀 놈들이로고!"

사마중경은 웃으며 펼쳤던 손을 가볍게 떨고는 곧바로 다가오는 두 사람을 향해 원을 그렸다.

'뭐지?'

진은 사마중경의 장난 같은 행동에 이채를 발했으나, 멈칫거림 대신 더욱 속력을 냈다. 기회라 여긴 것이다.

그때, 허공에 원을 그리던 사마중경의 손바닥이 멈췄다. 아니, 허공에 그렸던 원 중앙을 살짝 눌렀다는 표현이 옳았다.

퍼펑!

"컥!"

"헙!"

속력을 높이던 진과 휴의 입에서 각기 답답한 신음이 터져 나왔다. 동시에 물러서는 두 사람의 이십여 장 뒤쪽에서 나무 몇 그루가 무너지듯이 잘려져 나갔다.

그 소리까지 들을 겨를이 없었는지 두 사람은 사마중경을 노려본 채 신형을 안정시켰다.

"성가신 것들은 처리했다. 멀리 있다고 내 눈을 피할 수 있을 리가 없잖느냐?"

어이없다는 사마중경의 낮은 한숨이 두 사람의 귀를 파고들었다.

'누… 구냐, 이 괴물은?'

휴는 눈앞의 사마중경이 괴물이란 것은 알고 있었지만, 이 정도로 엄청날 줄은 상상도 못했는지 잔뜩 인상을 썼다.

'겨우 두 번의 손짓으로 천급 좌위들을 처리하고 우리를 물러서게 해?'

진의 놀람은 휴보다 더했다.

사마중경의 무공이 진의 예상을 몇 배나 뛰어넘었기 때문이다.

사마중경이 내뱉은 한숨이 고스란히 진과 휴에게 달라붙는 것처럼 두 사람의 태도가 굳어졌다. 마치 거대한 산을 이고 있는 것처럼 무거워진 것이다.

'저 사람, 지금 분노하고 있다. 천급 좌위들이나 우리들의 합공 때문이 아니다. 왜지?'

진은 갑작스런 사마중경의 분노에 어쩔 줄 모르는 표정이 되고 말았다.

"너희 둘은 모르겠지만, 나, 사마중경은 이 순간을 오십 년 동안 기다려 왔다."

'오, 오십… 가만, 누구라고?'

진의 눈이 더 이상 커질 수 없을 정도로 크게 치떠졌다.

"흐음. 말끔한 놈은 내 이름을 들어본 적이 있는 모양이구나."

"드, 들어봤습……."

진은 자신도 모르게 말을 높이려 했다.

"진, 누구야?"

"여의단주 사마중경."

"여의단주? 그런데?"

휴는 진이 왜 말을 더듬는지 전혀 짐작하지 못하고 있었다. 당연한 것이, 휴는 지심대인과 대화를 나눌 일이 거의 없었다. 하나 진은 달랐다. 지심대인이 무려 세 번이나 사마중경에 대해 언급했고 그때마다 안색이 변한 것을 직접 본 까닭이다.

진은 바짝 긴장한 눈으로 사마중경을 쳐다봤다.

지심대인이 삼왕 못지않은 고수로 인정하는 유일한 자가 눈앞에 있었다. 갑자기 가슴이 답답해지며 절로 목이 빠져나오려 했다.

사마중경이라면 휴와 함께 싸운다고 해도 승산 따윈 존재하지 않았다.

"사마중경이든, 뭐든! 카핫!"

"안 된다, 휴!"

진의 만류가 끝나기도 전에 휴가 일을 저지르고 말았다.

팟!

휴의 발이 거칠게 땅을 짓이기며 힘을 앞으로 쏘아내려 할 때였다.

푸른 섬광이 휴의 오른쪽 허벅지를 지나갔다.

"……!"

휴는 갑작스런 충격에 주먹을 제대로 뻗지 못했다.

쾅!

빗나간 유리붕권이 거대한 소리와 함께 땅을 후벼 팠다.

즈즈즹!

사마중경의 몸에서 기이한 음향이 울렸다.

휴는 쓰러진 몸을 일으키는 동시에 오른쪽 다리를 지혈시키며 공격태세를 취했다. 아니, 그렇게 하려고 했다.

픽!

"컥!"

일어선 그의 몸을 스치고 지나가는 바람이 있었다.

그 바람이 휴의 무릎에 닿았다.

스걱!

"그게 전부더냐?"

"……!"

휴는 무릎의 싸한 느낌이 뇌에 닿기도 전에 사마중경의 목소리를 들어야 했다.

"아니… 끄어어어어!"

외치던 휴가 갑자기 비명을 지르며 땅을 데굴데굴 굴렀다. 공격하려 몸을 띄운 순간, 그의 키가 삼분지 일로 줄어든 까닭이다.

사마중경이 어느새 휴의 무릎을 분리시킨 것이다.

휴는 무릎뼈를 땅에 대며 몸부림을 쳤다.

양쪽 무릎을 땅에 대지 못하고 이리저리 구르는 휴의 모습은 차마 눈뜨고 못 볼 상황을 만들어냈다. 하나 사마중경은 조금의 표정 변화도 없었다.

"그자에게 데려가겠느냐?"

"……."

진은 사마중경이 '그자'라고 표현한 사람이 지심대인임을 알았다. 하나 고개를 끄덕일 수는 없었다.

절레절레.

"그래?"

사마중경은 고개를 흔들며 휴를 돌아봤다.

그리고는 이내 양쪽 다리를 겹치게 만들어 힘껏 내리밟았다.

콰직!

휴는 비명도 지르지 못하고 입을 쩍 벌렸다. 그의 입과 코에서는 내부에서 터진 선혈이 흘러나오고 있었다.

"끄어… 으어… 어……!"

휴의 입에서는 도저히 사람이 낼 수 없는 소리가 연신 흘러나왔다.

사마중경은 휴를 발로 건드렸다.

"너는 어떠냐?"

"그… 그런… 지, 진즉 내게……."

겉으로 볼 때는 고통 때문에 한 말이라 여길 수 있었다. 하지만 휴는 사마중경과 진의 대화를 모두 들은 상태였다.

"휴!"

"후우, 후우… 진, 이자라면… 죽… 일… 내, 내가… 데려
간다……."

"대인을 배신하겠다는 거냐?"

"…크……."

휴가 허탈한 웃음을 터뜨렸다.

무릎이 사라진 고통보다 더한 허무함이 그의 얼굴을 감쌌
다.

"살… 고 싶… 어서가… 아니… 날 결국 사지로… 내몬… 그
에게… 보… 복수를……."

휴는 이를 악물며 말을 끝냈다.

확고한 의지의 표현에 진은 자신이 뭐라고 해도 소용없음을
깨달아야 했다.

진은 여전히 침묵했다.

"됐다."

사마중경의 양손이 휴의 허벅지로 향했다.

치이익!

잘려진 면에서 연기가 피어나며 피가 멈추었다.

봉합시킨 것이다.

"끄아아아아아!"

사마중경의 손이 떼어지기 무섭게 휴는 혼신을 다해 각혈과
함께 비명을 토해냈다.

사마중경은 진을 돌아봤다.

휴를 데려간다면 진은 필요없었다.

'이런 자를 눈앞에 두고도 나는 왜 도망치지 못하는 거지?'

머리 회전이 빠른 진이었으나 머리로 생각하는 것과 실천하는 것은 차이가 났다. 휴 대신 직접 간다고 하는 것이 옳은데도 입으로는 그 말이 나오질 않았다.

문득, '대인이 우릴 죽이려고 이곳으로 보냈구나' 라고 하던 휴의 말이 떠올랐다.

팟!

사마중경은 생각에 잠긴 진을 기다려 주지 않았다.

신형이 흐릿해졌다고 여긴 순간, 진은 지금껏 사용하지 않던 검을 뽑아 들었다. 가장 자신있는 운외반간을 펼치기 위해서였다.

쉬악!

정면을 향해 반달 모양의 검광이 피어나더니 진을 감쌌다.

구름 가득한 하늘에서 유일하게 빛을 내보내는 틈.

느린 것 같지만 그 개개의 잔영이 실체라고 해도 과언이 아닌 빠른 검법이었다.

진이 자신을 감싼 것은 곧, 사마중경의 공격에 반응하기 위해서였다.

'등!'

진은 사마중경이 등을 공격할 것이라 확신했다.

진을 감싸고 있던 검광이 열십자 모양으로 빠르게 모여들며 진이 예상하는 한 점에 집중됐다.

돌아선 진의 검이 그 한 점에 박혀들었다.

'됐다!'

쾅!

진의 검이 점에 닿는 순간 폭음이 터졌다.

第二章
따라올 테면 따라와 봐

천상마제

'저쪽이다!'

용악의 시선이 빠르게 옆으로 돌려졌다.

용악이 경천수라 등을 상대하는 동안 무려 몇백 장을 이동했던 모양이다.

콰아아!

공간을 찢어버리는 소리가 용악이 서 있던 나무 위에서 터졌으나, 그는 이미 그곳에 없었다. 눈으로 펼치는 경공, 천마등등공이 전력으로 허공을 수놓은 탓이다.

압축된 공기는 용악과 같은 고수에겐 충분히 도약할 수 있는 디딤돌 역할을 하고도 남았다.

용악은 잠시 나타났다가 사라지길 반복하며 무섭게 공간을 접어나갔다.

십여 번쯤 반복됐을까?

용악의 눈에 부러진 나무가 들어왔다.

'무기에 의해 잘려진 것이 아니다.'

반듯하게 잘려진 나무 아래에는 인영 하나가 피를 흘리며 죽어 있었다.

폭음은 조금 전에 들린 것이 전부였다.

이십여 장.

한 번의 도약이면 도달할 수 있는 거리였으나, 용악은 잠시 멈춰 서서 호흡을 골랐다.

사마중경이 자신의 기척을 느끼기라도 하면 무의미하기 때문이다.

'흡!'

숨을 들이마셨고 살짝 상체를 뒤로 밀었다가 눈에 힘을 주며 앞으로 당겼다.

콰아아─!

용악의 신형은 사라졌으나 그 뒤로 한차례 거대한 폭풍이 일어났다. 나무들이 뿌리째 뽑히거나 부러지며 연속해서 거대한 먼지를 만들어낸 것이다.

갑자기 들려온 굉음에 사마중경과 진의 시선이 동시에 돌려졌다. 두 사람의 시선으로 일직선으로 날아오는 인영이 들어왔다.

'벌써 왔나?'

사마중경은 굉음이 들려온 곳보다 훨씬 앞서 있는 용악을 봤다. 용악이 먼저 움직이고 그 뒤를 소리가 따라왔다는 뜻이었다. 경천수라의 실력을 너무 높이 평가했던 모양이다.

그러나 사마중경은 미간을 좁히기는 했지만 인상을 쓰기보다 묘한 웃음을 머금었다.

용악은 순식간에 거리를 좁혔다.

"아무래도 네놈은 천마에게 맡겨야 할 모양이다."

사마중경의 앞에는 진이 서 있었다, 이전과는 완전히 달라진 모습의 진이.

진의 전신은 화염과 같은 붉은 살기로 가득했다. 경천수라에게 건넸던 환단을 복용한 후에 일어난 변화였다.

사마중경의 손이 허공에 원을 그렸다. 그리고는 원 안을 가볍게 때리는 시늉을 했다.

"같은 수법에 당할 줄 아느냐!"

지금까지 사마중경이 펼친 공격은 그것이 유일했다.

한 번 당해본 진은 곧바로 신형을 움직이며 사마중경이 그린 허공의 원과 손바닥 사이를 잘라갔다.

쉬악! 쾅!

"……!"

진의 검이 사마중경이 그린 원에 닿는 순간 멈추며 정지해 버렸다.

"이상한 걸 먹더니 힘은 세졌구나."

사마중경은 웃으며 말을 마친 후 슬쩍 허공을 올려다봤다. 용악의 모습이 또렷이 보일 정도로 가까워져 있었다.

팡!

사마중경의 손바닥이 허공에 닿았고 진은 양쪽 어깨를 흔들거리며 뒤로 물러섰다.

'이게 무슨……!'

진은 덜컥거리며 몸을 떨었다.

물러서기 무섭게 사마중경에게 재차 파고들려 했다. 하나 이번엔 그럴 수가 없었다. 진의 신형이 폭풍 앞의 가랑잎처럼 흔들렸기 때문이다.

"먼저 갈 테니 이놈을 맡아주게."

사마중경은 날아가는 진을 가리키며 용악의 대답도 듣지 않고 휴를 옆구리에 낀 채 신형을 날렸다.

"이번엔 안 놓친다!"

용악은 도망치는 사마중경을 향해 전력으로 천마수를 펼쳤다.

수십 개의 수영(手影)이, 휴를 옆구리에 낀 사마중경의 등을 향해 집요하게 쫓아갔다.

힐끗. 사마중경은 휴를 옆구리에 낀 채 뒤를 돌아보고는 가볍게 손을 흔들었다.

쿠콰콰콰콰!

수십 개의 수영이 그 간단한 동작에 의해 잘려졌다.

용악은 조금도 좁혀지지 않은 사마중경과의 거리를 보며 입을 굳게 다물었다.

용악이 더욱 속도를 내려 할 때였다.

"저자는 내 것이다! 끼어들지 마!"

진이 흔들리던 신형을 바로잡자마자 거칠게 검을 휘두르며 달려들었다.

"운외반간?"

용악은 무질서하게 휘두르는 진의 검에서 예리한 살기를 느낄 수 있었다. 저 정도가 되려면 일이 년 수련해서는 얻어질 수 없었다.

땅!

머리 위로 떨어지는 검강을 손가락을 오므려 막아내고 이어지는 검의 현란함을 지켜보다 손을 쑥 밀었다.

"흡!"

진은 용악이 막아내기에 급급하다고 여겼는지 더욱 빠르게 공격을 이어나갔다. 하나 용악은 진보다 훨씬 예리하고, 무거우며, 강렬한 검을 상대해 본 적이 있었다.

팟.

용악이 순식간에 진과의 거리를 압축시켰다.

눈이 닿는 곳이면 어디든 움직일 수 있는 천마등등공의 빠름에 진은 깜짝 놀란 눈이 됐다.

진은 최대한 빠르게 검을 휘두르려 했다.

땅!

"……!"

진은 검에서 난 소리를 듣고 나서야 용악이 검면을 때렸다는 것을 인지했다.

검면을 통해 엄청난 양의 진기가 진의 손으로 전달됐고, 진은 검을 떨어뜨리지 않기 위해 안간힘을 다해 양손으로 검을 쥐었다. 하나 그 정도의 시간 동안 용악의 손을 자유롭게 둬서는 안 됐다.

콰압!

"……!"

용악이 진의 어깨를 쥐었다.

황당할 정도로 쉽게 제압당한 진은 분노의 혈광을 뿜어대며 전신에 힘을 주었다.

끄드득!

진의 근육이 단단해지며 용악의 손을 밀어내려 했다.

일반적인 경우라면 응당 손에 더욱 힘을 주어야 하지만 용악은 오히려 손아귀의 힘을 풀어버렸다.

진은 재빨리 용악의 손을 털어버리기 위해 어깨를 퉁겼다. 하나 용악의 손은 여전히 그의 어깨에 닿아 있었다.

이상한 점은 용악의 손이 얹혀져 있음에도 진은 아무런 무게감을 느끼지 못하고 있다는 것이다.

용악이 진의 어깨에 이화유능제를 사용한 탓이다.

"어림없는 수작!"

진은 어깨의 감각이 사라지는 것을 깨닫자마자 어깨 쪽으로 흐르는 진기를 빠르게 거두었다가 한꺼번에 폭발시켜 전신으로 퍼뜨렸다.

텅!

용악의 손이 진의 어깨에서 떨어졌다.

"……!"

용악은 진의 웅변에 놀란 눈이 됐다.

진이 이런 식의 반응을 보이리라고는 생각지도 못했기 때문이다.

'잠력단을 복용한 상태의 내 격발을 이리 쉽게 막아내다니……'

진은 어이없다는 표정을 지었다.

지심대인이 심혈을 기울여 만든 잠력단의 힘을 빌었음에도 용악과 사마중경은 자신을 너무도 쉽게 막아냈다.

진의 눈이 타올랐다.

용악은 그보다 어리면서도 강했다.

믿을 수 없는 눈앞의 현실은 곧 그의 이성을 마비시켰고, 더 이상 끌어내선 안 되는 상태까지 치닫게 만들었다.

진의 눈동자 대부분이 흰자위로 채워졌고 곧이라도 거품을 물 것 같은 표정까지 지었다.

'저건 무공 때문이 아니다.'

진의 전신에서 살기가 폭주하고 있었다.

용악은 눈동자만 돌려 사마중경이 사라진 곳을 본 후 진을 바라봤다. 폭주하던 살기가 진의 몸에 달라붙기라도 한 것처럼 체격이 급격히 커졌다.

"조금 전 그 노인은 누구였지?"

"흐흐흐. 그가 누구든 상관없다. 너는 내게 죽는다."

온전한 상태에선 나올 수 없는 말투.

진은 이미 질문이나 대답을 할 수 없는 상태였다.

쐐액!

진이 검을 떨쳐 왔다. 검신을 타고 실타래처럼 붉은 빛이 꼬아지며 광채를 발했다. 그것은 검강이었다.

용악은 검강이 다가오는 것을 보면서도 전혀 긴장하지 않고 손에서 빛을 뿜어냈다.

쾅!

손바닥 위로 빛이 일렁인다 싶은 순간, 진의 검을 튕겨냈고 곧바로 재차 손을 밀었다.

툭.

용악의 손이 닿은 위치는 진의 늑골이었으나 그다지 강렬한 충격은 주지 못한 듯 진은 멀쩡했다.

"흐흐……."

진의 음흉한 웃음소리가 이어지다 뚝, 끊겼다. 그의 늑골에 닿은 용악의 손을 잡으려는 찰나, 묵직한 충격이 내부에서 터졌기 때문이다.

텅!

진의 복부가 뒤로 밀렸다.

머리와 다리는 곧 복부를 뒤쫓았다.

용악은 멀어지는 진을 담담하게 바라보다 손바닥을 아래로 향했다. 그러자 손바닥으로부터 무형의 기가 진을 향해 곧장 날아갔다.

쉿.

진의 몸은 사마중경을 상대할 때와는 크게 달랐다.

함몰됐던 늑골이 '티딕' 소리를 내며 원래대로 돌아오고 있었다. 이는, 천급 좌위들 중 최고라 불리는 진이기에 가능한 현상이었다.

'위!'

진은 무의식중에 검을 들어 위쪽을 향해 찔렀다.

쾅!

"컥!"

진은 검끝에서 시작된 어마어마한 충격이 양쪽 어깨까지 이어지자 하얀 이를 드러내며 목 근육을 최대한 드러냈다.

"많이 비슷했다. 내가 십천좌와 싸워보지 않았다면, 네가 검좌라고 해도 믿었을지도 모를 정도로 비슷했다."

용악의 진심이었다.

환단을 복용해 잠력까지 격발시킨 상태라곤 하지만 인정할 건 인정해야 했다.

"그래서… 넌, 죽는다."

용악이 짧게 말을 이었다.

픽!

운외반간을 극한까지 익혔던 검좌도 죽이지 못한 용악을 진이 어찌할 수 있을 리가 없었다.

용악은 진에게서 그들의 냄새가 나는 것을 참기 힘들었다.

얼마나 많은 자들이 진과 같은 실력을 가진 걸까?

벌써 세 번이나 손을 쓰고도 진을 죽이지 못했다.

진과 같은 실력을 지닌 자들이 셋 이상 모인다면 과연 소호에서처럼, 십인회 총단처럼 혼자서 상대할 수 있을까?

갑자기 이런 생각까지 하게 만든 진에게 불같은 화가 치밀었다.

퍽!

천마등등공으로 진과의 거리를 좁힌 용악은 진의 허리를 굽어지게 만들었다.

진은 크게 상체를 숙이며 동공을 흰자위로 채웠다.

하늘이 노랄 것이다.

진은 허리를 숙인 채 몸을 떨었다.

용악은 그가 어찌해 볼 수 있는 상대가 아니었다. 통증이 얼마나 심한지 비명도 지르지 못했다.

그런 진의 전신에 용악의 손과 발이 마구잡이로 떨어져 내렸다.

빠득!

용악의 무릎이 진의 옆구리에 틀어박혔다.

늑골 몇 대가 부러져 나가며 진의 코에서 검붉은 선혈이 진득하게 묻어 나왔다.

"이제 가라."

용악은 진의 목을 한 손으로 거머쥐었다가 놓았다.

이화유능제로 진기의 흐름을 끊는 순간, 진은 진기의 폭주를 제어하지 못하고 정신 줄을 놓은 상태였다. 그런 진의 늑골과 내부를 진탕시켰으니 견뎌낼 수가 없었던 것이다.

툭.

진의 흰자위만 남은 눈동자가 앞쪽을 향한 채 움직이지 않았다.

숨이 끊어졌다.

용악은 천천히 몸을 돌렸다.

딱 한 발씩 앞서 있는 노인, 사마중경.

한 번 치밀어 오른 화는 쉽게 가라앉지 않았다.

"따라올 테면 따라오라는 건가?"

용악이 앞으로 쏠린 머리카락을 쓸어 넘기며 말했다.

도왕을 만난 이후 이렇게까지 용악을 화나게 만든 자는 처음이었다.

*   *   *

용악이 먼저 떠난 십동 주위엔 침묵이 흘렀다.

백마제후가 된 려군을 못마땅하게 바라보는 눈들에는 여덟 사도 중 몇 명도 포함되어 있었다.

"나는 백마신교를 위해 이 자리에 있는 것이지, 혈교의 주구가 되고 싶어 있는 것이 아니다."

나철의 시선은 공투를 향해 있었다.

용악이 떠난 뒤로 감시라도 하는 것처럼 팔짱을 낀 채 바라보는 모습이 영 마음에 안 든 것이다.

"또?"

공투는 나철을 향해 피식, 웃고는 주위를 돌아봤다.

더 떠날 사람 있으면 말하라는 표정이었다.

"아무도 떠나지 않아요."

분위기가 술렁이려는 순간 려군이 나섰다.

"내 귀가 잘못됐나? 조금 전에 떠난다는 말을 들은 것 같은데……."

공투가 귀를 후비며 고개를 갸웃거렸다.

"잘못 들으셨네요. 잠시 사도들과 대화 중이었거든요. 나 사도? 나 사도!"

려군은 나철을 불렀으나 나철은 공투를 노려볼 뿐 려군을 돌아보지 않았다. 다시 불러도 마찬가지였다.

"앞으로 여덟 사도는 백마전 소속 대주들이 될 거예요. 다른 분들은 잘 선택해서 따라주길 바라요. 뭐 하세요? 제가 대주들까지 선택해 주길 바라나요?"

려군의 음성이 단호해지자 교도들은 어쩔 수 없이 움직였다.

"신녀, 이건……."

"신녀는 이 자리에 없어요. 백마제후라고 부르세요. 천마께서 제게 내려주신 이름이에요."

"······!"

나철은 황당한 표정으로 려군을 쳐다봤다.

불과 며칠 못 봤다고 이렇게 변할 수 있는가?

나철의 표정은 그렇게 묻는 것 같았다.

"나 대주, 제후의 말씀대로 하게."

묵혼이 나철에게 한 발 앞으로 다가오며 입을 열었다. 다른 사람도 아닌 묵혼이 려군의 말을 인정하고 있는 것이다.

"묵 사도!"

나철이 낼 수 있는 최대한의 목소리로 소리쳤다.

"제후께서 하신 말씀 듣지 못했나? 사도는 이제 없다. 묵 대주··· 앞으로는 그렇게 불러."

"······!"

"떠나고 싶으면 말리진 않겠다. 하나, 이런 소란은 만들지 마라. 제후께서 나서지 않았으면 이 자리에 있는 자들은 벌써 죽었다. 제후의 노력을 헛되이 하지 말길 바란다."

묵철은 죽는다는 말에 힘을 주었다.

나철 등을 설득하기 위해 가장 효과적인 말이라 여긴 까닭이다.

'저런 말이 통할 리가 없지, 승복하지 못하겠다면 승복시키는 수밖에.'

뒤에서 지켜보던 공투는 기를 운용했다.

용악의 명령이 떨어진 후였다. 려군을 배려해서 좋게 끝내려고 했지만 원치 않는 자들이 있으면 무의미한 것이다.

"묵 사도라고 부르지 말라고? 우습군. 네가 정말 내가 알던 묵 사도인가? 그 고지식하고 말주변 없던 묵 사도? 후후. 차라리 잘됐다. 혈교의 밑으로 들어가느니… 한바탕 몸이나 풀고 가련다. 나와 뜻을 같이할 사람은 없나?"

공투가 막 나서려고 하는 순간, 나철이 다른 사도들을 돌아보며 자신의 뜻에 동참하길 바랐다. 하나 만화 등은 이미 시마와 천마구로의 신위를 보고 난 후였다.

"그래? 그럼 나 혼자 하지. 너!"

"……?"

나철이 느닷없이 공투를 가리켰다.

"나 좀 죽여다오."

나철은 웃으며 말했다.

'죽여달라는 말이 쉽게 나올 리 없지. 나 역시 파천마궁을 버리고 도망칠 때는 죽고 싶기만 했으니까. 너도 나와 같은 부류인가?'

공투의 입가에 웃음이 걸렸다.

이곳을 벗어나는 자들에게 돌아갈 것은 죽음뿐이었다. 그것을 조금 일찍 내려준다고 여기면 그만이었다. 하나 나철의 삶을 포기한 듯한 얼굴을 보자 괜히 부아가 치밀어 올랐다.

"제후, 앞으로 말 안 듣는 놈들이 있으면 내게 말하시오. 저 놈처럼 만들어줄 테니."

공투는 나철을 상대하는 것이 순전히 려군의 탓임을 은근히 강조했다. 공투의 말이 끝나기 무섭게 려군은 웃으며 고개를 끄덕였다.

'쳇.'

공투는 려군의 웃음을 외면했다. 마치 무언가 들킨 것 같은 기분이 된 까닭이다. 나철을 죽일 생각은 애초에 갖고 있지 않았다.

나철이 공투와 비슷하다면 용악을 따를 이유만 만들어주면 그만이었다.

*　　　*　　　*

일남일녀가 차갑게 식은 진의 시체 곁으로 내려섰다.

남자는 붉은색이 감도는 머리칼을 하고 있었고, 여인은 풍만한 굴곡이 그대로 드러나는 얇은 나삼으로 몸을 감은 것이 전부였다.

"이자가 진?"

여인이 묻자 사내는 대답 대신 가볍게 고개를 끄덕였다. 여인은 그것이 마음에 들지 않는지 사내를 냉담하게 돌아봤다.

"내가 묻잖아, 적혼. 대답해야지?"

적혼이라 불린 사내는 의아한 눈으로 여인을 쳐다봤다. 이곳으로 오기 전에 그림으로 인상착의를 같이 본 후이기 때문이다.

"요요, 이자가 진이란 자란 것은 너도 알고 있잖느냐?"

"알지. 하지만 너와 나, 둘 중 누가 위에 있는지는 정해야 하지 않겠어? 내가 너를 데리고 온 거야. 맞아?"

"…맞다."

"그럼 내가 묻는 말에 대답하고, 내가 하라는 대로 따라."

'림에서부터 계속해서 나를 경계하고 있다.'

청죽림주의 사랑을 독차지하고 있는 그녀가 그에게 부탁이란 것을 하러 왔을 때부터 뭔가 이상했던 것이다.

적혼과 요요는 어릴 때부터 알고 지낸 사이였다. 물론 좋은 관계는 아니었다. 죽을힘을 다해서 관문을 통과해야 살아남는 곳에서 시시콜콜한 감정 따위가 자리할 틈은 없었다.

서로에 대해 알아야 밟고 올라갈 수 있었고, 그런 과정을 수도 없이 거쳐 현재의 위치에 올라선 둘이었다. 서로에 대해 모르는 부분이 있을 리가 없는 것이다.

먼저 말을 건넨 쪽은 요요였다, 사마중경이란 자를 죽여야 하는데 같이 가자고.

적혼은 사마중경이란 자에 대해 알지 못했지만 그가 죽을 것이란 사실은 의심하지 않았다. 그와 요요가 한 사람을 목표로 움직였기 때문이다.

"후후후."

"왜 웃지, 적혼?"

"네가 죽이고 싶어하는 자가 어떤 얼굴일지 궁금해져서 웃었다."

"림주께서 아주 오랫동안 신경 쓰신 자다."

"림주께서?"

"그래서 내가 직접 목을 자르려고 나섰다."

"그래? 그럼 내가 먼저 잘라서 림주의 신임 좀 얻어볼까?"

적혼은 메마른 목소리에 어울리지 않는 농담을 했다가 뒤통수를 찔러오는 살기에 두 손을 드는 시늉을 했다.

"알았다, 농담이었어."

요요는 대꾸도 않고 돌아섰다.

"얼마나 강하지?"

"조사한 바에 의하면… 무척, 아니, 그 이상이다."

"림주보다 더?"

"……."

"……!"

적혼은 무심코 던진 질문에 요요가 침묵으로 답하자 뒤통수를 맞은 표정을 짓고 말았다.

"이자가 진인지 아닌지 대답이나 해."

요요가 대답 대신 진의 정체가 맞는지 여부를 다시 물었다.

"휴란 자가 안 보이지만 얼굴을 보니 진이 맞는 것 같다."

적혼은 시선을 이리저리 돌리며 대답했다.

요요의 시선이 적혼을 향하자, 뼈를 얼릴 것 같은 냉기가 적혼의 등 뒤를 향했다.

'한음투골조와 소수무를 대성했구나. 한 가지만 익혀서는 이렇게 정확하게 한 곳을 향할 수 없는데…….'

삼 년이란 시간이 요요를 완전히 바꾸어놓은 모양이다. 이젠 적혼이 전력을 다해도 밀릴 것 같았다.

툭.

"조금만 일찍 도착했었어도……."

요요는 진의 시체를 발로 이리저리 굴리며 아쉬운 표정을 지었다.

"요요, 천불동에서 보냈다는 둘과 합류하기 전엔 함부로 움직이는 건 자제해야 한다."

"응? 적혼, 지금 내게 명령한 거야?"

"물론 아니다. 내 생각이 그렇다는 것뿐……!"

적혼의 말이 막 끝났을 때, 희끗한 무언가가 그의 목을 파고들었다.

"조금만 일찍 도착했어도 사마중경이 싸우는 걸 지켜볼 수 있었을 텐데. 아쉽다."

어느새 뻗었는지 요요의 손이 그의 목을 쥐었다.

'빠르다!'

"설마 림주께서 아무런 준비도 없이 나를 보내셨을 거라 생각하는 건 아니겠지?"

"……."

"너는 내 명령에 따라 움직이기만 하면 돼."

요요가 대답을 기다리는 눈으로 바라봤다.

"무슨 준비를 했다는 거지?"

"알고 싶어?"

요요가 적혼을 똑바로 쳐다보며 되물었다.

"별로."

적혼은 애써 아닌 척하며 요요의 손을 치웠다.

요요는 순순히 손을 치워주며 주위를 돌아봤다.

"그럼 말고."

"내가 알아야 될 게 있으면 지금 말해다오. 그래야 준비를 할 테니까."

적혼은 자존심 때문에 고집부릴 때가 아니란 것을 알고서 꺾여주기로 했다. 하나 요요의 시선은 이미 적혼에게서 떠난 후였다.

상념에 잠긴 사람처럼 서쪽 하늘에 시선을 고정시키고는 움직임까지 멈추었다.

"요요?"

이상함을 느낀 적혼이 요요를 불렀다.

그러나 요요는 제자리에서 꼼짝도 하지 않았다.

"…사파로 보이는 무리가 십동에 모여 있다고?"

요요의 입에서 엉뚱한 말이 흘러나왔다.

적혼은 고개를 갸웃거리며 요요의 시선이 향한 방향을 쳐다봤다. 하늘만 보일 뿐 사람의 형상은 어디에도 없었다.

"…그곳에서 저쪽으로 간 자들이 있다고?"

요요가 또다시 혼잣말을 하며 뒤쪽을 돌아봤다.

적혼은 요요의 모습에 인상을 찌푸렸다. 설명을 기다려도 정신이 나간 사람처럼 중얼거리기만 하니 짜증이 난 것이다.

"가자."

"어딜?"

"어디긴. 내가 가자고 하는 곳이지."

"이곳의 책임자가 너란 것은 알겠지만 그렇다고 무작정 따르라는 건 안 된다. 천불동에서 보낸 두 사람은 어떻게 하고 이곳을 벗어난다는 거지?"

"십동에 사파의 무리들이 있다는 걸 알려준 자가 또 다른 정보를 주었거든."

"정보를 알려준 자?"

"나도 본 적은 없지만 림주께서 신뢰하는 사람이다."

"림주께서?"

적혼은 림주란 말에 더 이상 고집을 부리지 못했다.

"더 많은 설명을 원하는 것 같은데, 너는 내 말에 따르기만 하면 돼. 잊었어?"

"알고 있다."

"생각은 내가 할 테니까, 너는 그저 내 명령대로 움직여. 그게 네 역할이야."

"그게 내 역할이라고?"

"그래, 그게 네 역할이야."

요요의 대답이 무척이나 냉정했다.

적혼은 이미 요요의 명령에 따르기로 했는데 요요는 그것을 믿지 못하는 모양이다.

"요요, 네가 왜 그렇게 내게 적대감을 갖고 있는지 모르지만 안심해라. 나는 너를 도와주러 온 거지, 다른 생각 따윈 없다."

적혼은 말을 마치자마자 요요가 가리킨 방향으로 몸을 움직였다.

곧바로 따라가려던 요요의 신형이 멈춰 섰다. 모습은 보이지 않고 그녀에게만 목소리를 전자하는 다시 말을 건네왔기 때문이다.

"…음? 사마중경이나 천마의 위치가 파악되는 대로 보고해. 천불동에서 오기로 한 자들을 보는 즉시 내게 데려오고."

"사마중경이나 천마? 도대체 아까부터 무슨 말을 하는 거냐, 요요?"

"네게 한 말이 아니니 신경 꺼, 적혼"

요요는 적혼의 질문을 단번에 잘라버리고 입을 닫았다.

요요가 명령을 내린 자는 지심대인이 그녀에게 붙여준 그림자였다.

더 이상 전음이 들려오지 않자 요요는 이내 적혼의 뒤를 좇아 신형을 날렸다.

第三章

넓히고, 좁히고

천산마제

"영령, 상황은?"

지심대인은 화초를 매만지며 입을 뗐다.

"천불동과 청죽림에서 최고의 아이들 둘씩 보낸 상태입니다."

어김없이 허공에선 대답이 들려왔다.

"두 녀석까지 합치면 여섯. 모자란 감이 있는데……."

지심대인이 입맛을 다셨다.

어둠 속에 몸을 감춘 영령은 잠시 대답을 멈추었다.

"무슨 일이 생긴 게냐? 한 번도 대답을 미룬 적이 없는 네가……."

"변수가 나타났습니다."

"변수?"

"그… 로 추정되는 자가 나타난 것 같습니다."

"그?"

지심대인의 손이 멈췄다.

"여의……."

"사마중경!"

"진과 휴를 감시하던 그림자가 분명히 그를 봤다고 합니다."

영령의 대답에 지심대인의 표정이 애매하게 변했다. 마치 흥미로운 먹잇감을 눈앞에 두기라도 한 것처럼 희미한 미소를 지었다.

"사마중경이 직접 움직였다? 몇 명이나 데리고?"

"사마중경 혼자라고 합니다. 따르는 자들은 보지 못했다고……."

"사마중경 혼자?"

지심대인이 이채를 발하며 엄지와 검지로 턱을 쓰다듬었다. 그리고는 무언가 고심하는 표정을 짓더니 다시 말을 이었다.

"요요에게 기별해라, 데려간 것들을 모두 잃더라도 사마중경을 죽이라고."

"예?"

"못 들었느냐?"

"하지만 결과가 어떨지 이미 알고 계시면서……."

"그동안 어떻게 지냈는지 시험해 보는 것도 나쁘진 않겠지."

영령은 아무런 대답도 하지 않았다.

시험이란 말이 무엇을 뜻하는지 잘 아는 까닭이다.

보낸 자들을 전부 죽여서라도 사마중경에게 상처를 입히라는 뜻이었다.

"요요는 어찌하면 좋겠습니까?"

"이번 일을 맡고 싶어 안달이 났더구나. 좀 더 데리고 있을까 했지만 역시나 피를 속이긴 힘들지. 내버려 두거라."

"알겠습니다."

"그건 그렇고, 천산은 여전히 조용하더냐?"

요요를 떠올리자 입안에 침이 고이는지 지심대인은 입맛을 다시고는 화제를 돌려 버렸다.

영령은 지심대인의 의중을 단번에 파악하고 곧바로 천산에 대해 대답했다.

"…천산에 대해선 특별히 보고드릴 것이 없습니다. 그들은 아직 천산 저 너머에 있다고 합니다."

"죽기 전에 그들을 볼 수는 있으려나. 허허허. 아! 천산마제란 자에 대해서는 알아봤느냐?"

"일전에 보고드린 일이 있은 후, 천산마제를 입에 담았던 그림자 한 명이 쥐도 새도 모르게 죽었다는 보고……."

"기억한다."

"그 뒤로 더욱 조심스럽게 올리고 있으나 그다지 큰 성과는 없었습니다."

"올려?"

"…천산은 생각보다 오르기가 쉽지 않습니다."

영령이 망설이는 태도로 대답했다. 보고할 것이 있기는 한데 아직 확인하지 못해서 말하기 곤란하다는 뜻이었다.

다른 때 같았으면 지심대인도 넘어가 주었을지도 몰랐다. 그만큼 허공 속의 목소리는 그가 신뢰할 수 있는 인물인 까닭이다.

"네가 그런 흐릿한 대답도 할 줄 알았던가?"

"상황이……."

"말해봐."

"지금까지 죽은 그림자들의 숫자는 여덟입니다."

"여덟?"

지심대인이 되물을 정도로 깜짝 놀란 표정이 됐다.

영령이 말하는 그림자들의 실력이 천급 좌위들 이상임을 잘 아는 까닭이다.

"여덟 명이 죽고 아홉 명째에 둘째를 올렸습니다. 그렇게 했음에도 천산 중턱까지밖에 올라가지 못했습니다. 중간에 천산마제에 관해 캐묻고 다니는 계집 하나가 있었는데, 적당히 데리고 놀면서 꾸민 얘기를 들려주었다고 합니다."

"서둘러 정상으로 올려라."

"둘째가 몇 달 만에 천산 중턱까지 오른 것도 기적에 가깝습니다. 더 오르기 위해서는 만만찮은 실력자들을 꺾어야 한다고 합니다."

"둘째라면, 내가 아는 그 둘째?"

"맞습니다. 영인(影刃), 그 녀석입니다."

"으음… 둘째조차 중턱을 넘어서는 것이 힘들다?"

지심대인은 영인이 허공 속의 목소리 주인, 영령과 형제라는 것을 듣고서 놀란 눈빛을 드러냈다.

"영인이라면 곧 해결책을 찾아낼 것입니다."

"그간 천산의 동정에 대해 등한시했던 것 같구나. 가능한 한 빨리 천산마제에 관한 모든 정보를 알아내도록 지시해라."

"……."

허공 속에서는 아무런 말도 흘러나오지 않았다.

지심대인의 명령은 지금까지 한 보고를 완전히 무시한 것이기 때문이다.

"왜 대답이 없느냐, 영령?"

"…천산에선 천산마제란 말을 입에 담아서는 안 된다고 합니다. 그들에겐 신과 같은 존재라고……."

"신? 하! 파하하하!"

지심대인이 갑자기 파안대소를 터뜨렸다.

말도 안 되는 소리를 진지하게 들은 자신을 탓하는 웃음이었다.

신이라니? 그조차도 되지 못한 존재를 누가 감히 입에 올릴 수 있단 말인가?

그러나 허공 속의 목소리는 부정하지 않았다.

'대인께서 지나치게 안심하고 계신다. 영인이는 이미 나라도 최선을 다하지 않으면 상대하기 힘든 환무의 달인이다. 그런 녀석이 한 달째 꼼짝을 하지 못하고 있는 곳을 천산마제는 무려 십 년 가까이 지배하고 있다고 한다. 십 년… 쉬울까?

허공 속의 목소리 주인은 영령이란 별호를 가지고 있다. 지심대인의 수족으로 살아온 몇십 년 동안 한 번도 모습을 드러낸 적 없는 신비의 고수였다.

환무.

주위 공간을 액체처럼 만드는 무공으로, 기를 유형화시켜 시각을 지배하기에 지금껏 패배를 모르는 무공이었다.

"사마중경이 우리를 쫓고 있다는 건 알고 있었지만 이 정도까지 다가왔을 줄은 몰랐구나. 천불과 청죽에게 말해주면 좋아하겠군. 연락해라, 영령."

"존명."

영령은 언제나 그렇듯이 명령에 따랐다.

*　　　*　　　*

천불동에서 나온 무진과 마일이 요요를 만난 것은 한참 뒤였다. 훤칠한 키와 반듯한 이목구비를 지닌 무진과 좁은 이마에 부리부리한 눈을 한 마일의 모습은 미남이라 불리기에 손색이 없었다.

요요를 보는 두 사람의 눈동자가 떨렸다. 요기가 흐르는 것 같은 요요의 매력적인 몸에서 순간적으로 마음을 뺏겼다는 증

거였다.

"천불 노야께서 아끼는 분들이라고 하셔서 기대하고 있었습니다. 요요라고 해요."

요요가 빙긋 웃자 무진과 마일은 아찔함에 눈을 질끈 감고 말았다. 두 사람의 눈으로 요기가 확, 들어오는 것을 느꼈기 때문이다.

'요물이다!'

'주, 주체하기 힘들다!'

요요를 여인으로 대해서는 안 된다. 이번 일이야말로 천불동, 청죽림, 지주지심원, 세 곳 중 한 곳이 주도권을 쥘 수 있는 기회이기 때문이다.

그러나 두 사람은 차마 눈을 뜨지 못했다. 아찔하게 찔러오는 요요의 육감적인 모습에 몸이 먼저 반응을 일으켰기 때문이다.

두 사람은 허벅지를 붙이고 엉덩이를 뒤로 빼는 요상한 자세로 요요를 쳐다봤다.

"반갑소, 요요와 함께 청죽림 소속 천급 좌위 적혼이라고 하오."

"……!"

"……!"

무진과 마일은 그제야 요요 외에 한 명이 더 있었다는 것을 깨닫고는 얼굴을 붉혔다.

"흠, 흠. 무, 무진이오."

"마, 마일이오."

두 사람은 쥐구멍에라도 숨고 싶은 생각에 시선을 각자 다른 방향으로 돌렸다.

"두 분… 지시받은 것이라도 있으신가요?"

요요가 두 사람을 맑은 눈으로 바라봤다.

그것이 두 사람으로 하여금 더욱 오금을 못 추게 만들었다.

"없으시면 제가 지휘를 하는 것이 어떨까요?"

"……!"

지시라는 말이 요요의 입에서 나오자 두 사람은 그제야 눈을 번쩍이며 요요를 돌아봤다.

"지시라니요?"

무진이 눈을 동그랗게 뜬 채로 물었다.

"이곳에 사마중경이 와 있어요. 두 분은 그가 누군지 알고 계시겠죠?"

"당연히 알고 있소."

"사마중경을 상대할 방도는 있는데… 문제는 천마란 자예요."

"천마!"

"천마가 이곳에 있는 건 확실히 의외예요."

요요의 목소리는 표정만큼이나 심각하진 않았다. 이를 눈치챈 두 사람은 동시에 요요를 쳐다봤다. 이어질 말을 기대하는 것이다.

"천마는 확실히 우리와 그동안 여러 번 부딪쳤어요. 어쩌면 사마중경보다 더 조심해야 할 자가 그일지도 몰라요."

요요가 슬며시 말을 끌며 무진과 마일의 안색을 살폈다. 천불동이든 청죽림이든 어느 쪽이 지휘권을 가져도 무관한 일이었다. 하나 요요는 누구 밑에 들어가는 것을 광적으로 싫어했다.

"청죽림에선 천급 좌위들을 제외하고 인급과 지급 좌위들로 구성된 천라지망(天羅地網)을 준비하고 있어요."

"그것뿐이오?"

무진이 요요의 말에 인상을 찌푸렸다. 요요에 대한 감정은 이미 천마와 사마중경의 얘기가 나오는 순간 사라진 뒤였다.

"설마요. 인급과 지급 좌위들은 폭렬공을 운용하고 있어요. 그들 자체가 위험한 무기인 셈이죠."

"시작도 하기 전에 폭렬공을?"

"무 좌위도 준비하는 편이 좋을 거예요, 천마를 상대하려면."

"우리가 천마를?"

"억울해하진 마세요. 나와 적혼은 사마중경을 상대해야 하는데……. 두 분께 삼 할을 드릴게요."

"사, 삼 할?"

"우린 사마중경을 상대해야 한답니다. 그 정도면 충분하지 않나요? 설마 천마와 사마중경을 동등하게 보는 건 아니겠죠?"

"……."

무진은 요요의 대답에 낮게 한숨을 내쉬었다.

요요의 말이 무슨 뜻인지는 알겠으나 천마에 대한 정보가 사실이라면 삼 할로는 안심할 수 없기 때문이다.

"알겠소. 그 정도의 준비를 했다면 천불동의 천지인급 좌위들의 지휘권을 건네도 괜찮을 것 같소."

무진은 요요의 눈을 보자 불만스러웠던 생각이 사라지며 호탕한 대답을 했다.

요요의 입가에 환한 미소가 감돌았다.

만족스러운 결과를 낸 승리감의 표현이었다.

* * *

"백마신교주인가 하는 자를 상대할 때보다 더 빠르군. 역시 기다리길 잘했어."

사마중경은 돌산에 앉아 바람을 맞으며 어딘가를 쳐다봤다. 흐트러진 머리칼이 얼굴을 간질이는 느낌이 꽤 괜찮았다.

휴에게 지주지심원의 위치를 어느 정도 들은 후였다.

휴를 데리고 있는 이상 서두를 것이 없게 되자 사마중경은 용악에 대해 궁금함이 미쳤다.

딱 그가 진과 휴를 상대할 정도의 시간만 기다리기로 한 것이다.

용악은 그의 기대를 저버리지 않았다.

사마중경이 기다리기로 한 시간보다 앞당겨 쫓아온 것을 보면 그가 상대해 본 혈마보다 용악이 강했다.

"버, 벌써……."

휴도 용악을 발견하고 탄성을 발했다.

"이상한 짓을 해서 꽤나 성가셨을 텐데 빨리도 해치운 모양이다."

사마중경은 휴를 데리고 떠나기 전에 봤던 진의 모습을 떠올렸다. 전신에 붉은 혈갑을 두른 것처럼 딱딱해진 진의 모습을.

파팟.

휴의 아혈과 마혈이 순식간에 점해졌다.

"금방 돌아올 테니 딴생각은 안 하는 것이 좋아."

사마중경이 허공을 향해 발을 내디디며 유유히 걸었다. 허공답보. 공간의 개념이 무의미한 경지에 이르러야 펼칠 수 있었다.

'쫓아온 자나, 쫓아오길 기다린 자나… 이미 상상을 초월한 괴물들이다.'

휴는 용악과 사마중경이 괴물이란 것을 알고 있었지만 막상 다시 한 번 눈으로 보게 되자 허무해지고 말았다.

그러다 문득 든 생각.

용악이 사마중경을 쫓는 이유가 궁금해졌다. 그러나 복잡한 휴의 머릿속에 한 가지 가정이 생겼다. 일반적인 상식으로는 불가능한 상황이지만, 용악 역시 괴물이기에 사마중경은 충분히 상대할 수도 있을거라는.

'천마와 사마중경이 같은 경지에 이른 고수다?'

휴는 자신이 엉뚱한 생각을 했다는 것을 알면서도 묘한 기대감이 일어났다.

두 사람이 보이는 곳에서 싸움이 있었으면.

정말로 싸움이 되는지 지켜볼 수 있었으면.

휴의 바람은 사마중경이 시야에서 사라지면서 헛된 바람이 되고 말았다. 하나 포기하려는 그의 귀로 낯선 목소리가 파고든 것도 그때였다.

"크크. 늦었소. 도저히 오십 장 안으로는 접근할 수가 없어 이제야 왔소."

'……!'

휴의 눈이 커졌다.

"당신이 지주지심원에서 나온 천급 좌위요? 맞으면 눈을 두 번 깜빡이시오."

휴는 지체없이 눈을 두 번 깜빡였다.

"곧 이곳은 세 곳의 좌위들로 가득 찰 것이오."

'세 곳?'

휴는 의아한 생각이 들었다. 천불동과 청죽림에서 좌위들이 온 것은 이해가 가도 지주지심원에서 좌위들이 왔다는 말은 이해하기 힘들었기 때문이다.

다른 두 곳이야 그럴 수 있다고 해도 지주지심원에선 이미 좌위들을 보냈기 때문이다.

'진, 이놈, 숨긴 게 있었구나.'

휴는 곧 몸이 들리는 것을 느끼며 눈을 감았다.

"왜 그리 죽자 사자 쫓아오는 건가?"

사마중경은 허공에 뜬 채 다가오는 용악에게 물었다.

다가오던 용악이 우뚝 멈춰 서며 사마중경을 향해 웃음을 던졌다.

"그런 말을 물어보려고 했으면 애초에 도망치질 말았어야 하지 않소? 나도 왜 두 번이나 도망쳤냐고 묻고 싶은 것을 억지로 참고 있으니 서로 묻지 맙시다."

"도망? 내가?"

"절벽에서 한 놈 끼고 도망가더니, 이번엔 두 놈을 데리고 갔잖소?"

"파하하! 그건 그렇게 생각할 것이 아니라, 내 덕분에 쉽게 상대했다고 여겨야지."

"전혀 그런 생각은 하지 않았소. 오히려 귀찮은 짐을 떠맡겨 줘서 무척 기분이 언짢은 상태요."

"그런가? 그럼 할 수 없고."

사마중경은 용악이 지지 않고 대답하자 특유의 장난스런 웃음과 함께 싱겁게 인정해 버리고 말았다.

"한데 데려갔던 놈은 어디에 두었소?"

"데려갔던 놈이라니?"

"내 눈앞에서 데려갔던 놈 말이오."

"봤나?"

사마중경이 입맛을 다시며 되물었다.

용악이 보고 있는 앞에서 데려가 놓고 오히려 되묻는 뻔뻔함에 용악은 웃음으로 대답을 대신했다.

"아! 그러고 보니… 자네 입장에서 보자면 내가 두 번이나 뺏은 것도 맞는 것도 같네. 하나 그렇다고 도망이니, 뺏었느니 하는 말은 좀 그렇지 않나? 내 체면도 있는데 말일세."

"체면?"

용악의 말투가 묘했다.

사마중경이 듣기엔 자신과 체면이란 말이 전혀 어울리지 않는다는 말처럼 들린 까닭이다.

"자네, 내가 누군지 아나?"

"모르오."

"하하하. 사람도. 차분히 생각이나 좀 해보고 대답하지 그러나? 나는 자네가 천마라는 걸 아는데, 자네는 내가 누군지 모른다? 내가 좀 손해 보는 것 같지 않나?"

"내가 천마라는 것을 알면서도 그랬다는 거요?"

용악이 한쪽 입꼬리를 올리며 웃었다.

"에이, 그렇다기보다는 자네가 나에 대해 알아볼 시간을 주었다고… 그래, 그렇게 여기면 좋잖은가?"

용악은 장난스럽게 말을 이어가는 사마중경을 보며 이렇다 할 반응을 보이지 않았다.

'이상해지는 놈들 둘을 상대하고도 호흡 하나 흐트러지지 않았다. 천마… 과거 혈마보다 오히려 더 강하게 느껴지는 건

내 생각일 뿐인가?

사마중경이 자꾸 농담을 건네는 데엔 이유가 있었다. 바로 용악이 지나치게 여유로워 보이기 때문이다. 그 이유를 알기 위해서라도 말을 건네야 했다.

그러나 그럴 수 있는 시간을 용악은 허락해 주지 않았다. 재는 데에 소질이 없는 용악이 곧바로 기를 순환시키며 공격할 의사를 표현한 것이다.

"당신이 누군지 한번 알아봅시다."

용악은 기를 천마수에 집중시킨 후 가볍게 놓았다.

대수롭지 않은 동작이었으나 용악의 손을 떠난 기운은 곧장 이빨을 드러내며 노인을 단숨에 물어뜯을 것처럼 달려들었다.

여러 방향으로 기벽을 퍼뜨리던 방식을 한 곳에 집중시킨 것이다.

"역시 천마다워."

사마중경은 소탈하게 웃고는 손바닥으로 원을 그렸다가 가운데를 가볍게 때렸다.

퉁—

그가 손바닥으로 그린 원 중앙을 밀자 그를 향해 날아오던 천마수가 주춤거리는 것 같더니 갑자기 성난 용처럼 입을 쩍 벌렸다.

쾅!

"……!"

용악은 손바닥으로 되돌아온 힘에 깜짝 놀라 사마중경을 쳐다봤다. 별것도 아닌 동작으로 용악의 천마수를, 그것도 공간을 압축시켜 막아낸 것이다.

놀라는 용악을 보며 사마중경은 흥미로운 눈이 됐다.

한 번에 자신의 수법이 어떤 원리를 이용했는지 깨달은 것처럼 보인 까닭이다.

"봤는가?"

"공간을 그렇게도 압축시킬 수 있다는 것이 놀랍소."

용악은 진정으로 감탄한 목소리를 냈다.

"에이, 그렇게 대놓고 칭찬을 하면 부끄럽잖은가."

"칭찬이 아니오."

"괜찮네. 남자가 인정할 것을 인정하는 것도 중요하니까."

"칭찬이 아니라고 하지 않았소."

"알았네. 이번엔 조금 살살 하도록 하지."

사마중경은 흐뭇한 웃음까지 지어 보였다. 그런 태도가 용악을 화나게 만든다는 것을 알기라도 한 사람처럼 손까지 저으며 겸손을 떨었다.

"공간을 압축할 수 있는 건 당신뿐만이 아니오."

"오! 그럼 자네도? 한번 보여주겠나?"

사마중경이 말을 끝마치기도 전에 용악은 천마등등공을 펼쳐 공간을 접어갔다.

속도라는 개념은 시작과 끝이 보일 때나 사용할 수 있었다. 지금처럼 중간이 사라진 경우에는 전혀 다른 형태의 말이 필요했다.

사마중경은 용악이 마치 자신을 끌어당기는 것처럼 다가오자 허공에 커다란 원을 그려냈다. 그리고는 양손을 사용해 힘껏 밀었다.

　용악은 공간을 압축시켜 당겨왔고, 사마중경은 공간을 밀어내 방어했다. 두 개의 서로 다른 효과는 곧 엄청난 파장을 만들어냈다.

　'......!'

　다가가던 용악을 향해 무섭게 짓쳐드는 압박.

　용악은 다가가고, 사마중경은 밀어낸다. 두 사람이 부딪치게 되면 손해 보는 쪽은 용악이기 쉬웠다. 용악은 급히 걸음을 멈추며 양손을 힘껏 밀어냈다.

　콰콰콰!

　만벽을 사마중경의 원에 집중시켜 만들어냈다.

　정면으로 일으킨 충돌은 한 번으로 끝나지 않고 연속해서 십, 이십, 오십 번에 이를 때까지 이어졌다.

　'이런 괴물 같은 녀석이 있나!'

　처음 몇 번의 충돌은 그냥 넘길 수 있었으나 그칠 줄 모르고 계속해서 부딪쳐 오자, 사마중경은 자신의 의지와 무관하게 떨리는 몸을 느끼며 놀란 눈이 되고 말았다.

　놀란 쪽은 용악도 마찬가지였다.

　계속해서 밀어붙여도 밀리지 않는 벽과 같은 사람.

　'강하다!'

　용악은 밀린다는 것은 생각도 하지 않았다가 크게 뒤통수를 얻어맞은 것처럼 얼얼한 표정을 지었다.

사마중경의 수법은 검왕이나 도왕과 비교해도 전혀 손색이 없었다. 그 정도로 사마중경의 방어와 공간을 압축하는 능력은 상상을 초월했다.

용악과 사마중경은 손을 멈추고 서로를 쳐다봤다.

다시 손을 쓰고 싶었으나 어떤 수법을 써야 통할지 자신할 수 없어 갈등하고 있는 것이다.

'오십 년 만에 전력을 다하고 싶은 사람을 만났다.'

조금 전 펼친 용악의 한 수는 사마중경의 전신을 후끈 달아오르게 만들 정도로 강렬했다.

"좋군."

"쫓아온 보람이 있었소."

용악의 입가에 미소가 번졌다.

검왕, 도왕에 이어 최절정고수를 한 명 더 만나게 됐다. 그것만으로도 기분 좋게 웃을 수 있었다.

"사부를 뛰어넘는 제자라니… 혈마는 진정 행복한 사람이로군."

'사부님을 알아?'

"내가 혈마를 처음 만났을 때, 그의 나이는 자네보다 많았을 것이네. 나 또한 그렇고. 자네를 보고 어찌 당시의 혈마를 떠올릴까. 자네는 이미 사부를 뛰어넘었군그래."

"사부님을 만난 적이 있소?"

"멋진 사람이었지. 그 강렬함에 놀라고 무공에 놀랐으며 세상을 바라보는 눈에 반했지."

"……."

"화인이 녀석은 언제쯤 자네처럼 되려나. 쯔읍."

"화인? 사마화인?"

"그놈이 내 아들일세. 만나본 적 있다지?"

"있소."

"아직 허물을 벗지 못해서 그러네. 자네도 봐서 알겠지만 내 피를 이은 놈이 그 정도에 머물 리가 없잖은가? 곧 허물을 벗게 될 게야. 물론 한순간에 자네처럼 강해지지 않겠지. 하나 앞으로 정파의 미래를 충분히 책임질 정도는 되지 않겠나?"

"…또 듣는군."

"뭘 또 듣는다는 겐가?"

"정파의 어쩌구, 사파의 어쩌구……. 그런 구분을 두면 너무 좁지 않소? 그렇잖아도 충분히 좁은 곳인데……."

용악은 자신이 무슨 말을 했는지 전혀 인지하지 못하는 것처럼 담담한 표정을 유지했다.

강호가 좁다!

사마중경이 아닌 다른 사람이 들었다면 기함을 하고도 남을 말이었다.

"묘한 말을 하는군. 자네는 사파가 아니던가?"

사마중경은 용악 스스로 자신의 정체성을 부정하는 말을 한 것이 믿기지 않는 목소리로 물었다.

"그렇게 되길 원하는 사람들이 많아서 사파의 주인이 되기로 했을 뿐이오."

"그렇게 되길 원하는 사람들? 게다가 사파의 주인이라고? 광오하군!"

"사파니 정파니 구분을 두는 사람들은 괜찮고, 그런 구분을 인정하지 않는 것은 광오한 것이오?"

"호오?"

특이한 답변에 사마중경은 자신도 모르게 묘한 소리를 냈다.

용악의 말은 궤변에 가까웠다.

강호를 살아가는 한 사람으로서 듣기에는 도저히 납득할 수 없는 말인 까닭이다. 하나 용악의 말을 이해하려 한다면 못할 것도 없었다.

정파와 사파.

누가 갈라놓았는지는 몰라도 하나였던 것이 나뉜 것은 분명하기 때문이다.

"그만합시다. 단주를 이해시키려고 한 말은 아니니까. 데려간 자를 내놓든지, 하던 것 마저 하든지, 선택하시오."

"단주? 내가 여의단주라는 것을 알면서도 계속해서 말을 잘라먹는 심보는 뭔가? 자네 사부가 예의는 가르치지 않은 건가?"

"예의라… 홋."

용악이 어이없다는 표정으로 비웃음을 담아 사마중경을 쳐다봤다. 사람을 약 올려놓고 도망가던 사람이 사마중경이었기 때문이다.

용악은 예의 운운하는 사마중경이 우스워서 코웃음 쳤다.

사마중경은 그런 용악의 행동에 언짢은 표정을 지었다.

"……?"

사마중경이 무슨 말인지 전혀 모르겠다는 눈으로 쳐다봤다.

"내가 살던 곳에선 뭐든 스스로 해결해야 했소. 죽기 싫으면 살아야 하고, 살기 싫으면 죽으면 그만이고. 그런 곳에서 자란 내게 예의를 바라는 건 어렵지 않겠소?"

'뭐지, 몇십 년을 강호에서 보낸 노강호나 가질 수 있는 저 담담함은?'

사마중경은 용악에게서 삶과 죽음의 경계를 몇 번이고 오갔던 사람만이 가질 수 있는 무언가를 느꼈다. 아무리 봐도 그런 것이 가능할 나이도, 이유도 없는데 옷에 붙어 떨어지지 않는 송진처럼 떨어지질 않았다.

"먼저 시작하겠소."

스스스—

용악의 몸에서 먼저 기운이 번져 나갔다. 곧이어 사마중경도 기세를 드러내며 용악의 기운에 대항해 갔다. 이내 두 사람 사이에는 폭풍전야와 같은 격렬한 침묵이 유지되었다.

그것을 깬 것은 작은 파공음 하나였다.

쉬악!

'검?'

금속성 파공음을 들은 용악은 보지 않아도 검이란 것을 알 수 있었다.

"살 기회를 주었는데도… 쯧."

사마중경은 자신의 지배 공간으로 불쑥 튀어나온 검을 보며
혀를 찼다. 물론 검은 용악과 사마중경 어느 쪽에도 접근하지
못했다. 퍽, 소리와 함께 산산조각 났기 때문이다.

"안목이 있으면 알아서 물러갈 줄 알았거늘… 천마, 저것들
이 물러갈 생각이 없어 보이네. 적당히 처리하고 나서 볼일을
마저 보는 게 어떤가?"

사마중경이 불쑥 입을 열었다.

"단주가 도망만 가지 않는다면 나는 찬성이오."

"어허! 그게 아니라도 그러는군."

"알겠소. 한 번 더 믿어보도록 하겠소."

"이보게, 천마. 내가 누군지 알잖은가? 날세, 자네 사부와도
만났던 적이 있는……."

"선택을 빨리 해야 할 거요. 꽤 몰려왔으니."

주위로 몰려드는 자들의 인기척을 사마중경이 모를 리가 없
었다.

사마중경은 자신이 누군지 다시 한 번 말해주려다 이내 웃
으며 고개를 끄덕였다.

"손을 쓰기엔 좁으니 좀 떨어져 있겠소?"

용악은 느릿하게 사마중경과 떨어져 갔다.

용악은 웃으며 사마중경의 기운에 팽팽하게 맞섰던 기운을
빼내며 유유히 자리에서 벗어났다.

그 모습에 사마중경의 눈에 이채가 발해졌다.

'또 한 번 나를 놀라게 하는구나. 나의 지배 공간에서 빠져나가면서 조금의 동요도 없다니. 천마가 화인이와 비슷한 또래였다고 말하면 과연 총관이 믿어줄까? 하하하.'

사마중경은 자연스럽게 멀어져 가는 용악의 뒷모습을 보며 속으로 크게 웃었다.

'소리만 나지 않았지 마치 물방울 두 개가 붙어 있다가 툭, 떨어져 나가는 것 같지 않은가?'

사마중경은 용악이 지배 공간을 완전히 벗어나는 순간을 기다렸었다.

한참 재미있을 수 있는 시간이었으나 일단은 귀찮은 일부터 처리해야 했다.

제압해 놓은 휴가 있는 곳을 슬쩍 돌아보고는 다가오는 자들을 오연히 바라보았다. 아직은 사마중경의 근처까지 접근한 자가 없었다.

사마중경의 눈빛이 차갑게 가라앉으며 양손이 푸른빛으로 물들었다.

지지직!

두 손을 들어 올리자 그의 양손이 서로 당기며 무시무시한 힘을 일으켰다.

"뇌정진천하… 펼쳐본 지 하도 오래돼서 제대로 될지 모르겠다."

농담이었다. 지금부터 제대로 된 뇌정신기를 뿜어내겠다는 뜻이기 때문이다.

뇌정구가 있어야 펼칠 수 있었던 뇌정진천하를 맨손으로도 펼칠 수 있게 된 지 삼십 년은 족히 지난 것 같았다.

콰르르!

마른하늘에서 벼락이 치듯이 요란한 소리가 주위를 들썩이게 만들었다.

'저것이었나?

용악은 사마중경과 거리를 두다 고개를 돌렸다.

곧이라도 폭풍이 몰아칠 것 같은 무시무시한 굉음이 들려왔다.

사마중경과 마주 섰을 때 찌릿찌릿하던 기운이 뇌정의 기운이었던 모양이다.

드드드—!

용악도 적당한 위치에 도착하자 지체없이 양손을 위로 올렸다. 그러자 허공섭물을 펼친 것도 아닌데 주변 사물들이 허공으로 떠오르기 시작했다.

'기벽을 안으로 갈무리하면 천마벽이 되고, 내보내면 만벽과 같은 효과를 낼 수 있지.'

천마인을 펼치면서 깨달았다. 용악이 인지하는 공간은 하나지만, 그것은 한 면이 아니라 여러 면이기도 하다는 것을.

여러 면을 인식하는 순간 천마인은 용악의 의지에 따라 되돌려주었다. 그것은 마치 거대한 물통에 물을 담고 사방에서 창으로 쑤시면 그 흔적들이 고스란히 남게 되는 것 같은 이치였다.

창이 들어오는 방향을 미리 인식하고 창끝으로 물을 막는다면? 정확한 창의 개수를 세고 있어야 하고, 창이 접근하지 못할 정도의 강한 물줄기가 필요할 것이다.

지금 용악은 그 원리를 실험하려 하고 있었다.

기를 방출하여 적의 위치를 알았고, 적의 숫자와 무위 등을 알았으며, 어떤 형태로 밀어내야 하는지도 감이 왔다.

들어 올린 손바닥을 위로 올렸다가 정면으로 밀며 양옆으로 쫙 폈다.

쿠콰콰콰!

'시원하다.'

방출되는 기의 양이 어마어마했지만 손을 통해 전해지는 쾌감은 이루 말할 수 없이 컸다.

"후… 웁!"

용악은 숨을 들이마시다 말고 놀란 시선이 됐다. 너무도 간단한 용악의 동작 하나가 만들어낸 광경은 가히 상상을 초월했기 때문이다.

용악을 기준으로 반경 삼사십 장은 초토화가 되어 있었다.

방패로 바닥을 긁었을 때나 볼 수 있는 평평한 대지.

뿌리째 사라진 나무.

피 흘리며 괴로워하는 수십 명의 무리.

용악은 믿을 수 없는 표정으로 자신의 손을 내려다보았다. 손에 끼고 있는 천마수가 무슨 짓을 하지 않았다면 일어날 수 없는 현상이란 생각 때문이었다.

'음?'

사마중경은 몰려드는 자들을 뇌정진천하로 가볍게 물리친 후, 손으로 어깨 부위를 매만졌다.

용악이 사라진 곳에서 무슨 일인가 일어난 것이 분명했다. 그의 살갗이 그렇게 말해주고 있었다.

'족히 백 장은 넘을 거리인데… 이곳까지 기운이 느껴진다는 건가?'

용악이 사라진 곳이 지나치게 조용한 것도 있지만, 사마중경을 공격하던 자들의 주춤거리는 태도로 확실히 용악이 무슨 짓을 저질렀다는 걸 깨달을 수 있었다.

"저, 저럴 수가……."

누군가의 입 모양이 그렇게 말하고 있었다.

'뭐지? 안 되겠다. 내가 직접 확인해야지.'

쉬악—!

사마중경의 신형이 허공에 뜬 상태에서 무섭게 치솟아올랐다. 그가 멈춘 곳은 근방 나무 중 가장 높은 곳에 위치한 꼭대기였다.

그러나 아무리 주위를 둘러봐도 특별히 이상한 점은 발견하지 못했다. 이곳이 울창한 숲이고, 그가 지나온 곳에는 평지가 없었다는 것을 떠올리기 전까지는 그랬다.

"헛!"

사마중경의 입에서 헛바람 삼키는 소리가 나왔다.

나무로 빽빽했던 공간이 삼사십 장 가까이 텅 비어 있었고, 그 안에는 오직 용악 한 명만이 보였다. 적들은 지금 오금이 저렸을지도 몰랐다.

천마의 위용을 제대로 보인 것이다.

"하여간 놀라운 사람이라니까."

사마중경은 입맛을 다시며 주위를 빠르게 둘러보았다. 용악이 처음부터 저렇게 강하게 존재감을 표출시킨 데엔 이유가 있을 거라 여긴 탓이다.

하지만 아무리 둘러봐도 용악을 상대할 만한 자는 보이질 않았다.

'천마가 무의미한 힘을 썼다고?'

의아한 생각에 좀 더 자세히 지켜보려 했으나 두 자루의 검이 그의 생각을 방해하며 아래쪽에서 파고들었다.

쇄액!

"암습을 하려거든 살기나 지우고 들어오던가."

사마중경은 코웃음과 함께 옆으로 한 걸음 움직이는 것과 동시에 손으로 허공을 때렸다.

팡!

날아오던 검 두 자루는 물론이고 나무로 기어오르던 자들이 낙엽이 되어 우수수 떨어져 내렸다.

"……!"

떨어지는 자들을 보던 사마중경의 눈이 커졌다.

나무 아래를 중심으로 근 오십여 장 안이 사람들로 들어찼기 때문이다.

"많이도 몰려왔군."

사마중경은 또다시 입맛을 다셨다.

일일이 손을 쓸 생각을 하니 골치가 아파왔다. 차라리 용악처럼 한 방에 해결할까도 생각했으나 이내 땅으로 내려가는 쪽을 선택했다.

경험으로 내린 판단이었다. 눈에 보이는 인원이 저 정도라면 보이지 않는 적은 훨씬 더 많거나, 강한 자가 숨어 있게 마련이기 때문이다.

용악을 향해 십여 명이 다가갔다.

그들의 움직임엔 조금의 주저함도 없었다. 한 가지 이상한 점이 있다면 모두 양손을 벌리고 있다는 것 정도?

용악은 다가오는 자들을 유심히 보다 손을 들었다.

합공을 하겠다는 의지도, 그 정도의 실력도 없어 보였다. 아니나 다를까, 그들은 용악이 만든 무형의 벽에 부딪쳐 아등바등 거렸다.

용악이 막 그들을 떼어내려 할 때였다.

콰콰!

사마중경이 있는 쪽에서 폭음이 터져 나왔다.

기의 충돌로는 낼 수 없는 소리였다.

손을 쓰려던 용악은 이상한 예감에 발만 동동 굴리는 자들을 쳐다봤다. 십여 명이 일제히 용악과 눈이 마주쳤다.

그들은 웃었다.

콰콰콰쾅!

"⋯⋯!"

용악은 웃던 사람들의 몸이 어떻게 되는지 두 눈으로 똑똑히 지켜봐야 했다. 무형의 막에 가로막혀 있던 자들은 몸을 터뜨렸다.

'이 소리였나?'

사마중경이 있는 곳에서 들려온 소음의 정체였던 것이다.

용악은 폭발 때문에 느껴지는 진동이 예상보다 크자 표정을 굳히고 이어질 폭발에 대비하려 했다.

"그건 폭렬공(爆裂功)이라 한다. 지급 좌위들의 몸이라면 아무리 천마라도 충격이 없을 수 없지."

냉정한 목소리와 함께 허공에서 두 명의 인물이 내려섰다.

천불동에서 왔다던 무진과 마일이었다.

용악의 몸에서 흘러나온 사나운 마기가 두 사람을 당장에라도 공격할 것처럼 으르렁댔다.

"아아, 너무 성급하게 굴지 말라고, 천마. 아직은 우리가 나설 때가 아니야. 지금, 인급 좌위들이 저렇게나 많이 남았다고. 저걸 다 처리하면 그때 다시 만나자고. 후후후."

무진과 마일은 비열한 미소를 흘리며 지급, 인급 좌위들 틈으로 순식간에 사라졌다.

그러자 지급, 인급 좌위라고 했던 자들이 조금의 두려움도 없이 용악에게 다가섰다.

그들은 자신들의 몸을 터뜨리는 것을 마치 대단한 무공이라도 익힌 것처럼 당당했다.

'고작 열 명이 터진 것에 불과한데 기벽을 뚫고 내게 진동까지 느끼게 했다.'

용악은 겉으론 담담했으나 속으로는 폭렬공의 위력에 적잖이 놀라고 있었다.

아직 남은 자들의 숫자는 셀 수 없이 많았다. 저들이 일제히 터지기라도 하면 아무리 용악이라도 멀쩡할 수 있다고 단언하긴 힘들었다.

"이렇게 나온단 말이지? 내게 이빨을 드러낸 자들이 어떻게 됐는지 보고 싶은 모양인데… 보여주지."

용악은 폭렬공을 쓰기 위해 다가오는 자들을 바라보다 천천히 손을 뻗었다.

"아까처럼 또 쓸어버릴 모양인데, 마일?"

"아직 폭렬공에 대해 몰라서 그렇지. 알았다면 저런 무모한 짓은 하지 않을 텐데. 후후후."

"한꺼번에 쓸어버릴 심산인가? 그럴수록 위험하지."

무진이 혀를 차며 고개를 가로저었다.

용악의 신위에 놀라 모습을 감춘 두 사람이었으나 어느새 입가에 미소를 가득 베어 물고 있었다.

지금, 인급 좌위들의 폭렬공을 겪었으면서도 여전히 여유

부리는 모습에 안심한 것이다.

드드드드—!

또다시 땅이 요동치기 시작했다.

용악의 전신에서 살기와 마기가 동시에 일어나며 다가오는 자들의 걸음을 멈추게 만들었다. 하나 그것도 잠시, 그들의 발걸음은 여전히 용악을 향했다.

턱.

가장 앞쪽에 있던 자가 더 이상 전진하지 못하고 제자리에서 헛발질을 해댔다. 뒤이어 다가오던 자들이 그 뒤에 붙었다.

'지금이다!'

용악은 다가오는 자들의 숫자가 어느 정도 됐을 때 손바닥을 돌렸다. 순식간에 엄청난 진기가 용악의 몸에서 퍼져 나가려 했다.

퍼펑!

"……!"

다가온 자들은 용악의 기에 반응하도록 만들어진 것처럼 갑자기 폭발을 일으켰다.

폭발은 연쇄적으로 일어났다.

벌써 퍼졌어야 할 용악의 천마기가 채 십 장도 휩쓸지 못하고 주춤거렸다.

퍼펑!

용악의 천마기에 접한 자들은 조금의 망설임도 없이 몸을 터뜨렸다.

용악을 향해 터지는 폭발들.

대수롭지 않게 생각했던 폭발이 연속적으로 몇십 번에 걸쳐 반복되자 용악은 손을 거두고 말았다. 아직도 이십여 명이 용악을 향해 다가오고 있었다.

"하하하. 어떻게 되는지 보여준다며? 잘 안 되나?"

"무진, 왜 쓸데없는 자극을 하나?"

무진이 용악을 도발하자 마일은 놀란 목소리로 무진을 만류하려 했다.

"제풀에 지쳐서 도망가게 만들려는 건데, 뭐가 잘못됐나?"

"……?"

무진은 태연하게 대답했으나 눈동자가 떨리는 것은 숨기지 못했다. 마일의 머릿속을 번뜩 스치고 지나간 생각. 무진은 지금 용악이 도망치게 만들려는 것이 아니라, 도망치길 바라고 있었다.

그때, 마일의 눈에 믿을 수 없는 광경이 들어왔다.

"헉!"

마일은 크게 헛바람 삼키는 소리를 냈고, 이상한 기미를 눈치챈 무진의 고개가 홱, 하는 소리와 함께 뒤로 돌아갔다.

"저, 저런 미친……."

第四章

거침없이 날려 버린다

천산마제

용악은 무진의 도발 따위는 가볍게 무시하며 정면을 향해 걸어갔다. 당연히 폭렬공을 펼치기 위해 좌위들이 다가왔다.

좌위들은 용악의 기에만 반응하고 있었다. 어느 정도 가까워졌다 싶으면 몸을 터뜨리고는 세상에서 사라지고 마는 것이다.

픽!

가장 먼저 다가온 자가 용악의 손짓에 의해 하늘로 치솟았다가 떨어졌다. 몸을 터뜨릴 시간조차 주지 않는 빠른 공격이기에 좌위들은 속수무책으로 하늘로 떠오르기 시작했다.

용악이 적당한 거리를 둔 채 기벽으로 날려 버렸기에 터질 기회를 놓치고 말았다.

'이거다!'

무심코 사용한 수법이었으나 지금 상황에선 폭렬공을 막을 수 있는 완벽한 방법이었다.

천마인의 수법에 기벽을 적용시키면 다수의 적을 한꺼번에 날려 버릴 수 있었으나, 그것은 셀 수 있는 인원인 경우에나 가능했다.

얼마나 몰려올지도 모르는 지금과 같은 때에 그 수법을 사용했다가는 용악이 먼저 지칠지도 몰랐다.

'음?'

좌위들의 움직임이 주춤거렸다.

날아간 자신들의 동료를 본 모양이다.

엉거주춤 걸음을 멈춘 좌위들을 용악이 가만히 내버려 둘 리가 없었다.

쉬쉭.

용악이 빠르게 좌위들 사이를 누볐다.

툭툭, 좌위들을 건드리고 지나치길 십여 차례 반복하자, 좌위들의 몸에서 뼈끼리 충돌하는 기음이 들리며 쓰러져 갔다.

이화유능제의 위력이었다.

진 정도의 실력이 아니면 이화유능제로부터 자유로울 수 없었다. 폭렬공을 쓰려던 자 중 한 명이 이화유능제에 제압당하자 바닥에 쓰러지며 그대로 터지고 말았다.

콰앙!

좌위들은 자신들의 눈앞에서 동료의 몸이 허무하게 터져 버리자 그제야 자신들의 몸속으로 침투한 이화유능제에 대항하려 애썼다.

하지만 그것이 가능했다면 그들의 신분은 인급이나 지급이 아닌 천급 좌위가 됐어야 했다.

푹! 촤아아!

좌위 한 명의 몸에서 뼈가 삐죽이 솟아오르며 피 분수를 뿌려댔다. 다른 좌위들이 재빨리 다가가 지혈을 시켜주려 했으나 이미 치료하기엔 늦고 말았다.

"쿨럭……"

좌위 한 명이 세상에 남긴 마지막 음성이었다.

"모두 한꺼번에 쳐라!"

뒤쪽에서 지켜보던 무진과 마일은 좌위들이 한두 명씩 맥도 못 추고 쓰러지는 모습을 보고 재빨리 명령을 내렸다. 그러자 남은 자들이 일제히 용악에게 덤벼들며 폭렬공을 운용했다.

콰쾅!

비산하는 육편들.

용악이 멈춰있을 때야 막으면 그만이지만 지금은 움직이고 있었다.

용악은 머리 위쪽에 기벽을 만들어 막는 한편, 아직 터지지 않은 자들에게 다가갔다.

용악의 잔상이 원래의 자리에서 사라지기도 전에 한 명이 허공으로 솟구쳐 올랐다.

땅에는 좌위들이 떨어지는 소리가, 허공에선 폭렬공으로 몸을 터뜨리는 소리가 뒤섞인 이상한 소리가 쉴 새 없이 꼬리에 꼬리를 물었다.

그 공간을 용악은 자유롭게 움직였다.

천마등등공이기에 가능했다.

"아……."

무진은 용악의 움직임을 보며 등골이 오싹해져서 자신도 모르게 신음을 발했다.

폭렬공의 위력을 누구보다 잘 아는 그로서는 용악의 거침없는 행동이 무서웠다.

어느 쪽으로 움직여도 좌위들의 몸이 터질 것을 알면서도 일말의 망설임도 없이 움직인다?

자신감이 뒤따르지 않으면 할 수 없는 행동이었다.

남은 부하들의 수가 많지만 이대로라면 전멸하는데 얼마 걸리지 않을 것 같았다. 저절로 주먹을 쥐게 만드는 용악의 신위에 무진은 안절부절못했다.

용악의 존재감은 그의 예상을 뒤엎고도 남을 정도로 압도적이었다.

"마일, 어쩌면 우리가 천마를 맡은 것이 실수인지도 모르겠다."

"그래. 칠 할을 사마중경에게 쏟았는데… 그 반대여야 했을지도……."

무진과 마일은 서로의 눈을 쳐다봤다.

"저 계집은 그걸 알았을까?"

마일이 건너편을 돌아보며 물었다.

"모르지. 저 계집의 몸에 혹해서 다른 생각은 하지 못했으니까."

"후후후. 나도 마찬가지다."

"강호에 나오자마자 소홀지신체를 사용하게 될 줄은 몰랐다. 흡!"

무진이 힘을 주자 피가 얼굴로 쏠렸다.

어딘가에 힘을 주는 모습.

마일 역시 무진과 다르지 않은 모습이 됐다. 그리고는 빠르게 혈도 몇 군데를 가격했다.

잠시 후, 두 사람의 몸에서 김이 피어나기 시작했다.

스스스—

"일제히 공격하라."

지급, 인급의 좌위들은 두 사람이 소홀지신체로 변할 정도의 시간만 버텨주면 됐다.

'이 기운은!'

용악은 기이한 느낌에 거짓말처럼 제자리에 멈춰 섰다. 좌위 한 명이 다가왔다가 용악의 호신강기에 부딪쳐 뒤로 날아갔다.

용악의 시선은 좌위들 뒤쪽의 무진과 마일에게 향해 있었다.

경천수라가 전신을 붉게 만들었을 때와는 다른, 멀리서도 묵직함이 느껴졌다. 마치 전신이 강철처럼 변했던 진이 두 명으로 늘어난 것 같았다.

무진과 마일.

두 사람은 어느새 붉어진 피부에서 아지랑이를 흘리며 용악을 노려보고 있었다. 영락없는 진과 같은 형태의 신체 변화였다.

용악은 다가오는 좌위들을 신경 쓰지도 않고 오직 무진과 마일의 움직임에 시선을 고정시켰다.

슥슥—

손바닥의 촉감이라도 느끼려는 사람처럼 용악은 양손을 비벼댔다.

"도대체 어떤 자가 너희들을 만들어내는 거지?"

용악은 무진과 마일의 뒤에서 지켜보고 있을 자, 혹은 자들이 궁금해졌다. 적어도 무진과 마일보다는 강할 것이다.

'최대한 빨리 끝낸다.'

용악은 엄청나게 무거운 물체를 손에 들기라도 한 것처럼 느리게 양손을 하늘로 들어 올렸다.

드드드드—

용악을 둘러싼 공간이 일제히 비명을 지르며 진동하기 시작했다. 진동은 곧 사방으로 퍼졌고, 무작정 덤벼들던 좌위들의 신형들이 흔들거리거나 쓰러졌다.

용악의 양손에서 시작된 무형의 강기막이 화선지에 묵을 찍은 것처럼 천천히 주위로 번져 갔다.

"큭!"

"커헉!'

강기막에 닿은 좌위들은 안간힘을 다해 대항하려 했지만, 그러기엔 용악의 힘은 그들의 저항을 일시에 침묵시키고도 남았다.

그러자 좌위들도 곧 생각을 바꾸었는지 달려들기보다 강기막에 달라붙는 쪽을 택했다. 강기막에 달라붙은 좌위들은 일제히 웃었다.

콰쾅!

연쇄폭발이 또다시 일어났다.

'어림없다.'

이번엔 폭렬공의 폭발이 용악에게 그리 큰 충격을 주지 못했다. 거리를 두었기 때문이다. 강기막으로 좌위들을 일정 거리까지 밀어내자 그들의 폭발이 용악에게 다가오기도 전에 소멸된 것이다.

용악이 다시 다가오는 좌위들을 벌하려 할 때였다.

콰앙!

"……!'

묵직한 충격이 용악의 머리 위쪽으로 떨어졌다.

위를 올려다보자 그곳에는 검붉은 피부를 지닌 인영이 새파란 안광을 뿜으며 서 있었다.

무진이었다.

"지금이다!"

무진이 탁한 목소리로 앞쪽을 향해 소리쳤다.

용악의 이목을 돌린 그 짧은 시간에 좌위들이 일제히 용악의 강기막에 달라붙었다. 그리고는 순서와 무관하게 자신들의 몸을 폭사시키기 시작했다.

쾅! 쾅! 콰앙!

한 번 터진 폭음은 꼬리에 꼬리를 물었다.

쾅!

"큭!"

용악의 표정이 굳어졌다.

머리 위쪽에 있던 무진이 또다시 전력으로 용악의 머리 위를 노린 것이다.

"나를 볼 시간도 있느냐?"

무진이 웃으며 물었다.

콰콰쾅!

앞쪽에서 또다시 폭음이 터졌다. 그 덕분에 강기막이 얇아졌다. 이대로 있다가는 죽도 밥도 되기 힘들었다.

좌위들을 막으려 했다가는 머리 위쪽에 있는 무진이 공격할 것은 불을 보듯 뻔했고, 무진을 떨쳐 버리자니 주위의 좌위들이 폭렬공으로 손을 묶게 될 것이 뻔했다.

"해보자는 거냐?"

결정을 내려야 했다.

용악은 천산을 내려와서, 아니, 천산에서도 이만한 인원을 혼자서 상대해 본 적이 없었다.

"흐흐흐. 모두 겁먹을 것 없다. 어차피 천마는 이미 지친…
지… 치지 않았느냐?"

무진이 좌위들을 독려하기 위해 입을 열었다가 화들짝 놀라
질문으로 말을 바꾸었다.

콰콰쾅!

때마침 좌위들의 폭렬공이 대대적으로 터졌다.

그러나 용악의 시선은 무진에게 닿은 채 꿈적도 하지 않았
다.

'이런 인간 같지도 않은!'

용악이 좌위들의 폭렬공에는 신경도 쓰지 않고 자신을 노려
보고 있자, 겁이 난 무진은 손을 써야 함을 알면서도 잠시 머뭇
거리고 말았다. 그 정도의 시간이라면 용악에겐 충분했다.

"성가신 걸 언제까지 할 생각이냐?"

"……!"

무진은 곧바로 정신을 차리고 힘껏 주먹을 내뻗으려 했다.
하지만 그의 주먹은 어이없는 실수를 저지르고 말았다.

아무것도 없는 허공을 때린 것이다.

"……!"

무진은 헛손질을 했다는 사실을 믿지 못하고 질끈 눈을 감
았다가 떴다. 하나 용악의 모습은 역시나 보이지 않았다.

그때, 마일의 외침이 그의 귀로 들려왔다.

"정신 차려, 무진! 좌위들을 봐!"

'좌위들?'

무진이 급히 정신을 챙겨 용악에게 매달려 있던 좌위들을 살폈다.

"헉!"

놀랄 수밖에 없었다. 당연히 폭렬공을 펼쳐야 하는 좌위들 몇십 명이 땅바닥에 쓰러져 있었기 때문이다.

"그 정도의 시간이면 충분하지."

"……!"

용악의 담담한 목소리가 무진의 귀에 꽂혔다.

무진은 겨우 눈 한 번 감았다가 뜬 것이 전부였다.

그 짧은 시간에 용악이 한 행동은 너무도 엄청났다.

"이젠 나를 성가시게 한 벌을 받을 차롄가?"

'성가시게……'

꿀꺽.

무진은 마른침을 삼켰다.

그가 용악의 머리 위쪽을 가격한 것이 겨우 성가신 정도의 일인지 자신도 모르게 생각하고 만 것이다.

쾅!

땅이 무언가를 토해냈다.

무진의 눈엔 분명 그렇게 보였다.

사라진 용악이 순식간에 무진의 눈앞에 나타났다.

천마등등공이 그런 일을 가능하게 만들었다.

"어, 어림없다!"

무진은 전력을 다해 유리붕권을 펼쳤고, 용악은 다가오는 유리붕권을 천마수로 막아내며 그 안을 뚫어버렸다.

쐐앵쐐앵!

"……!"

용악이 무진의 머리를 날려 버리려는 찰나, 류 하나가 무서운 속도로 날아왔다.

"그렇게 쉽게 당할 우리가 아니다!"

마일이었다.

운외반간을 연속으로 펼친 뒤, 검을 류처럼 회전시켜 세 번의 연환 공격을 펼친 것이다.

"그렇지. 너희 둘이라면 이 정도는 될 줄 알았다."

용악은 당황하기는커녕 오히려 웃으며 무진에게서 떨어져 주었다.

"괜찮나, 무진?"

"나는… 괜찮다."

마일의 걱정스런 물음에 무진은 고개를 끄덕였다.

전혀 괜찮지 않았다. 아니, 괜찮을 리가 없다는 것을 마일도 알고 있을 것이다.

소흘지신체로 변한 상태임에도 조금 전 용악의 움직임을 제대로 보지 못했기 때문이다.

무진은 용악의 천마수에 의해 머리끝부터 발끝까지 뚫린 사람처럼 정신을 차리지 못했다.

'무진이, 천불동 최고의 천급 좌위인 무진이 떨고 있다!'

마일은 화가 났다.

무진이 떤다는 것은 그 역시 용악의 상대가 되지 않는다는 말과 같기 때문이다.

"너희들은 누구에게 십천좌의 무공을 배웠느냐?"

평소 용악이었다면 두 사람을 제압하고 나서 던졌을 질문이었다. 그만큼 용악도 힘이 부치는 것이다.

연속된 진기의 사용에 이어 사마중경과 팽팽하게 맞섰다. 용악도 인간이 이상 숨 돌릴 시간은 필요했던 것이다.

"시, 십천좌!"

마일은 자신도 모르게 부르짖었다.

"내가 십천좌에 대해 아는 것이 이상한가 보군."

"어, 어떻게 그들에 대해 알고 있지?"

'그들?'

용악은 마일의 반문에 미간 사이를 좁혔다.

십인회의 인물들과 십천좌를 부르는 호칭이 달랐기 때문이다.

'천마는 분명 천좌가 아닌 십천좌라고 했다. 천산 너머에 있다는 그들에 대해 알고 있다는 뜻이다. 어떻게 알고 있는 거지?'

마일은 아직도 떨고 있는 무진의 어깨를 잡았다.

"우린 이미 소홀지신체를 이룬 상태다, 무진. 게다가 우리가 굳이 이자를 상대할 이유는 없다."

"……!"

무진은 마일의 말을 듣자 그제야 안심이 되는 표정을 지었다. 조금도 틀린 말이 아니었다. 평상시의 그들이었다면 지금과 같은 말 따위는 하지도 않고, 듣지도 않았을 것이다.

그러나 지금은 그럴 상황이 아니었다.

용악의 무위는 그만큼 강했다.

마일이 무진과 함께 뒤로 물러서려 했다.

"놓고 갈 건 놓고 가야지."

용악이 두 사람을 향해 손을 들어 올렸다.

검지와 소지만이 세워져 있었다.

아무런 전조가 없었음에도 두 사람은 오싹한 기분에 전력을 다해 몸을 보호하며 속도를 냈다.

'무, 무언가 다가온다!'

무진은 자신의 등을 노리고 다가오는 보이지 않는 힘에 저절로 돌아섰다. 그리고는 있는 힘껏 주먹을 내뻗었다. 마일 역시 무진과 마찬가지로 전력을 다해 운외반간으로 허공을 채웠다.

콰콰쾅!

두 사람은 신법을 펼칠 때보다도 훨씬 빠르게 날아갔다.

"컥!"

"큽!"

입에서는 신음이 절로 터져 나왔고 몸은 주인의 생각을 실천으로 옮기지 못했다.

용악은 날아가는 두 사람을 의외라는 눈으로 바라봤다. 천마인에 격중되고도 움직일 수 있는 것이 신기해 보인 것이다.

잠시 두 사람에게 시선이 고정되어 있을 때였다.

쾅!

"……!"

무진과 마일이 날아가는 모습을 지켜보던 용악의 눈동자에 변화가 일었다. 발아래 쪽으로부터 굉음과 함께 충격이 전해졌다.

쓰러져 있던 좌위들이 일어나면서 서로의 몸을 최대한 위쪽으로 날려 보내고 있었다. 일정 높이가 되면 폭렬공을 운용해 몸을 터뜨린 것은 당연했다.

용악의 표정이 차갑게 굳었다.

'이대로는 한도 끝도 없다.'

남은 인원이 얼마인지 가늠할 틈도 없이 좌위들은 서둘러 몸을 터뜨려댔다.

"후우……."

용악의 입에서 처음으로 심호흡 조절하는 소리가 흘러나왔다.

*   *   *

"……!"

려군은 갑자기 고개를 들었다.

손에 전기가 닿기라도 한 것처럼 쩌릿해지더니 나른함이 전신을 휘돌았다.

익숙한 느낌이었다.

전대 백마신교주가 죽었을 때도 지금과 같은 현상이 있었
다. 그녀의 힘이 되돌아왔다. 용악에게 무슨 일이 생긴 것이
틀림없었다.

"시마… 시마!"

공투가 불러도 대답이 없자 려군은 마차 밖으로 얼굴을 내
밀며 다시 큰 소리로 공투를 불렀다. 그러자 뒤돌아보는 공투
가 보였다.

공투는 려군의 안색이 창백하게 질려 있는 것을 보자 급히
다가왔다.

"무슨 일이오, 제후?"

"천마께 안 좋은 일이 생겼어요."

"……?"

어디에 있는지도 모르는 용악에게 안 좋은 일이 생겼다? 려
군의 말을 이해하는 것이 이상할 수밖에 없는 상황이었다.

"제가 천마께 드렸던 힘이 모두 돌아왔어요."

"힘? 주군께 당신의 힘을 드렸단 말이오?"

"그게… 자세한 설명을 드릴 시간이 없어요. 천마께선 제가
드린 힘을 모두 거두지 않았음을 모르세요. 서둘러야 해요. 천
마께 드린 힘이 되돌아올 정도면 심각한 상황에 처했음이 분
명해요."

다급한 려군의 목소리에 공투는 심각한 표정을 지었다. 단

지 려군의 말만 듣고 움직일 수 없었기 때문이다.

"믿을 수가 없소."

공투는 표정을 굳히며 고개를 좌우로 흔들었다.

"예? 믿을 수가 없다니요?"

"제후, 나는 저들을 죽일 생각이 없소. 굳이 주군을 끌어들이지 않아도 되오."

"……?"

이번엔 려군의 표정이 굳었다.

공투가 황당한 말을 한 탓이다.

"시마, 제 말이 믿기지 않는다는 것 잘 알아요. 하지만 이번만 제 말을 믿어주세요. 속는 셈치고 그렇게 해주세요, 네?"

나철 등의 처분은 이미 려군의 손을 떠난 상태였다.

이미 용악에게 예속되기로 마음먹은 려군이 그들을 살리기 위해 거짓말을, 그것도 용악의 이름까지 들먹일 리가 없었다.

"시마! 믿으셔야 해요. 시간이 없어요."

려군이 다급한 눈으로 재차 공투에게 부탁했다.

그녀의 눈에는 진심이 담겨 있었다.

"좋소. 제후의 말이 옳다고 칩시다. 하나 제후의 말이 뜻하는 의미를 알고는 있소? 주군께서 위험에 처했다는 말이오. 아시오?"

"알고 있어요."

"터무니없는 소리! 제후가 무슨 생각을 하고 있는지는 몰라도 그런 일은 있을 수 없소. 당신도 주군의 능력을 봤지 않소?"

공투의 전신에서 마기가 일어났다.

그 어떤 말을 해도 듣지 않겠다는 강력한 의지의 표현이었다.

'말이 통하질 않아. 천마십로, 그분이라면⋯⋯.'

려군은 공투에게 더 이상 말해봐야 소용없음을 깨닫고 천마십로를 찾아 고개를 돌렸다.

"천마구로께서도 제 말이 거짓이라 여기십니까?"

려군이 애원하듯이 천마십로를 바라봤다.

천마십로는 길게 숨을 내쉬고는 입을 열었다.

"시마, 려군은 주군께서 제후로 명하신 사람이네. 자네와 함께 결정을 내릴 사람이지, 자네의 결정에 따라야 하는 사람이 아니네."

천마십로는 신녀로부터 무슨 일이 생기면 려군의 말에 따르라는 언질을 받은 후였다. 패기 넘치는 공투가 마음에 들긴 하지만 신녀의 말을 거스를 수는 없었다.

지금은 려군의 말을 따라야 할 때였다.

"저쪽이에요."

천마십로의 말이 끝나기 무섭게 려군이 북서쪽을 가리키며 서둘렀다. 그곳은 용악이 사마중경을 쫓아갔던 방향과 일치했다.

"이보시오, 제후!"

공투가 려군이 움직이려 하자 몸을 날려 마차를 가로막았다.

"시마는 이곳에 계세요. 저는 천마구로와 함께 다녀오도록 할게요."

"……!"

공투의 인상이 험악하게 구겨졌다.

려군은 그가 무슨 말을 하든 듣지 않을 태세였다.

천마구로가 려군의 주위로 몰려들었다.

"자, 잠시만 기다리세요. 천마구로께선 저 여자의 무엇을 믿고 가시려는 것입니까?"

"나는 제후를 믿는 것이 아니라 신녀를 믿는 것이네. 자네도 이미 경험했지 않은가, 이곳으로 올 때……."

"……!"

공투는 그제야 려군이 용악을 찾을 때 조금의 주저함도 없이 움직였음을 떠올렸다.

"그리고 '저 여자'가 아니라, 제후일세. 주군께서 주신 이름이 있는데 자네 마음대로 바꿔 부를 텐가!"

"제가 잠시 흥분을 했군요."

천마십로의 꾸짖는 말에 공투는 급히 자신의 잘못을 인정하며 고개를 숙였다.

"좋소, 제후. 제후의 말대로 주군께 무슨 일이 생겼다고 칩시다. 제후가 그곳에 간들 무슨 도움이 되겠소? 여기에 남으시오. 내가 갈 테니."

"아니요. 제가 가야 해요."

려군은 공투의 불신 섞인 눈을 보면서도 물러서지 않았다.

"제후는 우리가 보호하도록 하지."

말싸움이 길어지자 천마십로가 나섰다.

려군은 따르려는 묵환과 여섯 대주를 손짓과 눈짓으로 만류하고 천마구로의 중앙에 섰다.

"이곳을 지키고 계세요. 묵 대주, 믿고 있어도 되겠죠?"

"물론입니다."

"믿어요, 묵 대주를. 다른 대주들을."

려군은 대주들과 일일이 다시 한 번 눈을 마주치고는 돌아섰다.

*   *   *

사마중경의 발은 싸움이 시작된 지 반 시진 가까이 지났음에도 땅을 밟지 않고 있었다.

그가 움직이면 발을 따라 뇌전의 형상이 허공에 새겨졌고, 새겨진 뇌전은 땅을 향해 떨어져 내렸다.

뇌정보(雷情步).

뇌신의 힘이 담긴 보법으로 초절정의 단계에서만 펼칠 수 있는 보법이었다. 사마중경은 이미 초절정에 들어선 고수이기에 뇌정구 없이도 펼칠 수 있었다.

뇌정보는 그 자체가 무시무시한 위력을 가진 무공이었다. 움직일 때마다 뇌전이 작렬하며 좌위들을 떼어냈다. 하나 그 정도로는 좌위들의 폭렬공을 완벽하게 막아낼 순 없었다.

사마중경의 손이 쉬지 않고 움직이는 이유가 그 때문이었다. 발로는 좌위들을 떼어놓고 손으로는 공간을 압축하여 떨어지는 좌위들을 날려 버렸다.

콰콰콰콰!

좌위들이 폭렬공을 펼칠 시간조차 주지 않았다.

사마중경은 한 번으로 그치지 않고 끊임없이 움직였다. 하지만 뇌정진천하에 의해 평평해진 땅 위로 좌위들은 끝도 없이 몰려들었다.

"도대체 이 많은 인원을 누가 보냈느냐!"

사마중경의 입에서 처음으로 짜증스런 목소리가 터져 나왔다.

어림짐작으로 세어봐도 이백 명은 족히 될 것 같았다. 하나 문제는 숨어 있는 자들까지 합치면 얼마나 될지 감을 잡기 힘들다는 것이다.

쩌저— 쩡!

다시 뇌전이 바닥에 떨어졌다.

파스스!

대여섯 명이 재가 되어 흩날렸다.

꽤나 많이 처리한 것 같았으나 몰려드는 인원은 조금도 줄지를 않았다.

"내가 그동안 약해지기라도 한 건가?"

사마중경은 혼잣말을 하며 '빠지직' 거리는 자신의 손을 내려다봤다. 뇌정신기가 약해진 것이 아니라 좌위들을 지휘하는 자가 영리했다.

좌위들은 겉으로 볼 땐 무질서하게 움직이는 것 같지만 일정한 범위 안에는 들어가지 않고 있었다.

"후우……."

강기무공을 연속해서 십여 번이나 펼친 상태였다. 아무리 사마중경이라고 해도 손을 쓰는 것에 신중해질 수밖에 없었다. 이 상태로 갔다가는 자신이 먼저 지칠 수도 있기 때문이다.

사마중경은 눈을 번뜩이며 주위를 노려봤다.

'대개의 적들은 이 정도 했으면 흩어져야 정상이다. 하나 이놈들은 꿈쩍도 하지 않는다. 내 무공을 우습게 여기는 놈들을 보다니 어이가 없군.'

사마중경의 머릿속은 복잡해졌다.

여의단주로서 그동안 수많은 싸움을 직접도 해보고 지휘도 하면서 이 자리에 온 그였다.

오늘 싸움은 과거의 그 어떤 싸움과도 달랐다.

이런 식이라면 그 역시 방법을 강구해야 한다.

"얼마든지 오너라. 네놈들을 잡기 위해 오십 년을 참았는데, 이 정도 갖고 되겠느냐? 파하하!"

츠르르— 츠츠!

사마중경이 갑자기 양손에 뇌전의 힘을 집중시키며 뇌정보와 함께 허공에 커다란 원을 그렸다.

뇌정신수.

허공에 그린 원의 크기만큼 위력이 나오는 수법이었다.

콰쾅!

사마중경의 손이 허공에 그린 원을 때릴 때마다 바닥이 찢어지고 갈라지길 반복했다. 이미 엉망이 된 땅이 그 때문에 평평해져 갔다.

빠각!

사마중경이 좌위 한 명의 얼굴을 밟았다. 하나 살아 있는 좌위들의 눈엔 공포 따윈 볼 수 없었다.

그때였다.

쾅!

"……!"

묵직한 굉음이 사마중경의 몸에서 터졌다.

부지불식간에 당한 공격에 사마중경은 자신을 공격한 자를 찾기 위해 눈을 빛냈다.

아무리 좌위들에게 신경을 뺏겼다고 해도 기척조차 느끼지 못할 그가 아니기 때문이다.

'저놈이다!'

사마중경이 누군가를 보고 눈을 빛냈다.

슬며시 좌위들에게 묻히는 인영.

뒷모습이 눈에 들어왔다.

콰콰콰!

사마중경의 신형이 무서운 속도로 사라지려는 인영을 쫓으려 했다.

슷.

"······!"

좌위들이 기다렸다는 듯이 사마중경을 포위했다. 그리고는 양손을 마주 잡고서 사마중경을 포위했다.

사마중경이 코웃음 치며 훌쩍 신형을 띄우려 하자, 이번엔 허공에서 공격이 떨어져 내렸다.

쇄액!

사마중경은 급히 뇌정신수로 위쪽을 막아갔다.

쩡!

"······!"

기가 막힐 일이 벌어졌다.

위에서 찔러오는 기운이 사마중경의 뇌정신수와 부딪치고도 물러나지 않은 것이다.

사마중경은 천천히 고개를 위로 올렸다.

씨익.

요기로운 미소와 함께 커다란 가슴을 출렁이며 하늘로 솟구치는 여인, 요요가 유형화된 단룡창을 꽂고는 몸을 피하고 있었다.

검은빛 창이 사마중경의 뇌정신수와 약간의 거리를 두고 불타오르고 있었다.

쾅!

이번 굉음은 사마중경의 주위에서 터졌다.

"이건 또 뭐야?"

좌위들이 폭렬공을 이용해 몸을 터뜨린 것이다.

사마중경의 눈에 불길이 일었다.

직접 당하고도 믿을 수 없는 상황이었다.

기억하고 있는 그자들도 아닌 그자의 부하들에게 당하고 있었다. 분노는 곧 그의 힘을 열리게 만들었고, 열린 힘은 곧 그의 양손과 전신을 휩싸이게 만들었다.

쩌저정!

폭렬공으로 터뜨린 좌위들의 몸이 사마중경을 찔러올 때 막이 생겼다.

콰쾅!

비산하는 육편들이 모두 튕겨져 나갔고 사마중경을 찌르던 단룡창은 뇌격에 의해 산산이 조각났다.

"갈!"

사마중경의 목소리에 담긴 분노가 공간을 채워갔다.

                    *   *   *

용악은 기벽을 세웠다, 하나에 하나를 더하는 형태로 촘촘히 엉겨 붙게 만든 벽을.

무진과 마일은 용악이 무언가 달라진 것 같다는 생각이 들긴 했지만 선뜻 대응할 방법을 떠올리지 못해 지켜보기만 했다.

'내 눈에 보일 정도의 기벽을 하나가 아닌 수도 없이 많이 만들어내고 있다. 진기의 소모는 염두에 두지 않겠다는 뜻인가?

무진으로서는 당연히 떠올릴 수 있는 생각이었다.

이번 공격으로 좌위들 몇십 명이 죽는다고 해도 무진과 마일이 손해 볼 일은 없었다. 오히려 용악의 힘을 소모하게 만들었으니 환영할 일이었다.

무진의 예상대로 용악이 만들어낸 수십, 수백 개의 기벽이 일제히 사방으로 밀려났다.

퉁— 고오오!

고요한 수면 위로 물 한 방울이 떨어지기라도 한 것처럼 퍼져 나가는 용악의 기벽들.

무진과 마일은 그 파문이 끝나길 기다렸다.

"헉!"

먼저 신음을 터뜨린 사람은 무진이었다. 용악이 만들어낸 파문이 이전의 공격 형태와 완전히 달라진 까닭이다.

이번 공격은 무진이 이미 보았던 기벽의 형태가 아니었다.

좌위들이 기벽에 닿자마자 폭렬공을 운용하려 하는 순간, 갑자기 땅에서 원뿔형 기둥이 솟구치며 좌위들을 꿰어서 허공으로 솟구쳤다.

기벽 뒤에 또 다른 기벽을 숨기고 있었던 것이다.

허공으로 솟구친 좌위들의 신형이 폭발을 일으키며 그 잔해물이 땅으로 떨어져 내렸다. 허무한 폭발이 아닐 수 없었다.

콰쾅!

폭음은 연속해서 터져 나왔으나 정작 기벽을 펼친 당사자인 용악은 조금의 충격도 받지 않고 있었다.

"저런 수법이 가능… 하다니…….."

마일은 도저히 믿어지지 않는다는 표정으로 입을 쩍 벌린 채 아무 말도 하지 못했다. 소홀지신체로 변한 그들의 눈에도 용악의 공격은 보이지 않았다.

더욱 경악스러운 것은 용악이 손을 쓰는 반경이 무려 삼사십 장에 달한다는 사실이다. 그 공간을 자신의 지배하에 두고 마음대로 힘을 쓰고, 거둔다?

인간의 한계를 벗어났다고밖에 볼 수 없었다.

무진과 마일의 눈이 무섭게 변했다.

돌아가기엔 이미 늦었다.

천불노인이 두 사람을 보냈을 때는 살아서 돌아오라고 보낸 것이 아니라, 세 곳에서 온 천급 좌위들을 누르고 올라서라는 의미였다.

"모두 뒤로!"

좌위들이 무진의 명령에 따라 물러섰다.

얼핏 봐도 남은 자들은 이제 이십여 명.

"마일……."

"안다."

"합공이다."

무진이 선두에 섰다.

용악의 눈에 이채가 발해졌다.

무진과 마일이 도망치기는커녕 오히려 전의를 불태우며 모습을 드러냈기 때문이다.

"안 된다는 것을 알면서도 덤비려는 건가?"

용악이 무진과 마일에게 먼저 말을 걸었다.

"아직은 단정짓지 마라. 너도 조금 전의 공격으로 많이 지쳤다는 것을 안다."

"그렇게 보이나?"

용악의 반문에 무진과 마일은 선뜻 대답하지 못했다.

아닐 수도 있다는 생각이 든 까닭이다.

그러나 이미 다른 수는 둘 수 있는 상황이 아니었다.

무진과 마일이 허공으로 몸을 띄웠고 곧이어 좌위들이 결연한 표정으로 용악을 향해 다가가다 둥글게 퍼졌다.

"너희들은 그냥 그렇게 죽어도 되는 건가?"

용악이 좌위들을 돌아보며 물었다.

"후후후. 그냥 그렇게? 노야를 위해 죽을 수 있는데, 그것이 어떻게 '그냥 그렇게'가 될 수 있지?"

무진이 용악의 질문에 웃음과 함께 확신을 갖고 대답했다.

지금까지 봐온 용악은 좌위들의 목숨에 조금의 관심도 두지 않았다. 그런 용악이 갑자기 좌위들을 걱정한다? 좌위들이 아닌 용악 자신의 목숨이 걱정되기 때문이다. 무진은 그렇게 생각했다.

무진이 먼저 무기를 하나 더 꺼내 들었다.

도였다.

지금까지는 검으로 운외반간을 펼치더니 어울리지 않게 정구도까지 익힌 모양이다.

마일 역시 도를 꺼내 들었다.

"정구도가 익히기 어려웠던 모양이지?"

"노야께서는 우리에게 가장 먼저 유리붕권을 가르치신다. 그다음이 정구도, 그리고 운외반간이지."

"하나도 흉내 내기 벅찼을 텐데 세 개나 익혔는가? 진짜도 아닌 것을 익히느라 고생들이 많았다."

용악이 픽, 웃으며 말을 받았다.

무진과 마일은 용악의 대답에 전혀 기분이 상하지 않았다. 오히려 용악의 말을 듣기 전보다 훨씬 마음이 가벼워졌다.

용악은 지금 지친 것이다.

"말 몇 마디에 회복될 정도는 아닌 것 같은데?"

무진이 용악을 똑바로 쳐다보며 한쪽 입꼬리를 올렸다.

'아직은 괜찮다.'

용악은 무진을 보며 조용히 숨을 골랐다.

폭렬공에 당황해서 소비했던 진기가 만만치 않았다.

가랑비에 옷 젖는다는 말이 새삼 다가왔다.

'한 번, 그 이상은 힘들다.'

천마인을 펼칠 수 있는 횟수였다.

무진과 마일이 좌위들을 반으로 나누어 자신들의 발밑에 오도록 만들었다. 그리고는 그들의 어깨에 올라섰다.

"그건 뭐지?"

"천마, 좌위들은 폭렬공만 펼칠 줄 아는 인형들이 아니야."

무진이 득의의 웃음을 지었다.

그 웃음에는 마치 좌위들이 이십여 명만 남길 바랐다는 뜻이 담겨 있었다.

우웅!

주먹은 마일이 쥐었는데 그의 주먹 앞으로 환상과 같은 거대한 주먹이 용악을 향해 짓쳐들었다.

과우웅—!

아홉 개의 선명한 도로 만든 선이 허공을 향해 퍼져 갔다.

무진이 허공을 향해 도를 휘두른 결과였다. 그 위로 마일이 또다시 정구도를 펼쳤다. 그러자 사람 한 명 빠져나가지 못할 정도의 촘촘한 두 겹의 그물이 만들어졌다.

"아무리 네가 천마라 해도, 소홀지신체에서 펼쳐지는 유리붕권, 운외반간, 정구도를 동시에 막을 수 있다고 생각하지 않는다."

무진은 자신만만하게 말했다.

그가 펼치려는 수법은 천불동 최고의 실력을 가진 두 사람의 모든 것이라 할 수 있었다. 두 사람만으로는 펼치지 못하지만, 좌위들의 내공까지 사용한다면 충분히 가능했다.

거대한 주먹은 환영처럼 보이지만 실제였다. 그것도 엄청난 내공이 담긴 진짜 유리붕권이었다.

콰우—!

유리붕권이 용악을 때렸다. 아니, 때려야 했지만 용악의 신형이 사라지고 잔상만이 흩어졌다.

유리붕권은 용악이 서 있던 자리에 거대한 흔적을 남기고 사라졌다.

"안 된다."

용악이 사라진 것을 본 무진이 재빨리 두 명의 좌위를 발로 날려보냈다.

쾅! 쾅!

두 좌위는 무진과 마일의 앞으로 날아가다 갑자기 폭렬공으로 몸을 터뜨렸다.

천마등등공으로 거리를 압축시키며 다가오던 용악은 멈춰 서서 물러설 수밖에 없었다.

"죽어라, 천마!"

멈춰 선 용악을 본 무진이 양손을 아래로 잡아당겼다. 그러자 용악의 머리 위로 정구도로 만들어진 그물 강기가 떨어져 내렸다.

"……!"

좌위들의 폭발에 이어 정구도의 그물 강기가 내려오자 용악은 심각한 표정으로 양손을 들어 올렸다. 천마벽으로 감싸고 있던 힘을 천마인에 실어 날려 보낸 것이다.

콰콰쾅!

수십 개의 악마 형상이 정구도의 그물을 물어뜯기 시작했다.

"그런다고 버틸 수 있을 것 같으냐?"

무진은 곧바로 도를 버리고 허공으로 솟구쳤다. 그의 모습은 마치 붉은 유성이 불타오르는 것처럼 보였다.

쉬악!

운외반간의 최대 장점은 어디로 검을 긋듯 시전자가 원하는 곳으로 집중된다는 것에 있었다.

정구도를 막아내던 용악은 날아오는 반달 강기들이 자신을 향해 모여들자 이를 악물었다.

남은 방법은 한 가지뿐이었다.

천마수, 검왕의 천강도 막아냈던 천마수.

'너만 믿는다.'

용악은 밀려드는 검강의 응축된 힘을 향해 양손을 겹쳐서 뻗었다.

웅웅웅!

천마수가 울었다.

쾅! 콰콰콰쾅!

한 번의 짧은 단말마와 같은 굉음이 터지고 난 후, 연속된 굉음이 주위를 휩쓸었다.

第五章
곧 만나게 되겠지

천산마제

아주 짧은 찰나의 시간.

무진의 강기가 한 곳으로 밀어닥칠 때, 용악은 그 힘을 마주 보았다. 유형화된 강기가 다가오는 모습을 똑바로 지켜본 것이다.

강기는 울퉁불퉁했고, 천마의 인장에 비하면 어설프기 짝이 없었다.

그따위 것으로 나를 어찌할 수 있다고 믿는 거냐!

용악은 속으로 외쳤다.

저 정도 공격은 아무것도 아니었다.

천강을 버텨낸 천마수였다.

가가각!

무진이 날린 운외반간은 용악의 속마음이라도 읽은 것처럼 더욱 빨리 회전하며 천마수와 마찰을 일으켰다.

'뜨겁다. 원래 이런 건가?'

천마수를 끼고 있는 동안 한 번도 느껴보지 못한 감각이었다. 손 외의 부분에서는 아픔이란 것을 종종 느끼긴 했지만, 손의 감각은 처음인 것이다.

몸 안에 남아 있던 진기를 천마수가 긁어가는 모양인지, 다른 부분에 진기가 모이질 않았다.

용악은 호흡을 최대한 작게 하며 천마수로 향하는 진기의 흐름을 끊어냈다. 그래야 마지막 보루라고 할 수 있는 천마벽이 해체되지 않기 때문이다.

'가만, 천마벽?'

용악의 눈이 번쩍거렸다.

천마벽은 단순히 호신용이 아니었다. 무자비한 공격력을 포함한 호벽강기인 것이다.

지금까지 천마수에 신경 쓰느라 그 점을 까맣게 잊고 있었다. 몸을 변화시키는 것은 그저 한순간의 자각만 있으면 그만이었다.

용악은 천마수를 보며 멍해지고 말았다.

왜 이렇게까지 안간힘을 다해야 하지?

어째서 천마수에 의지하지 않으면 안 되는 거지?

용악이 스스로에게 물었다.

한 점에 집중된 무진의 공격을 막기 위해 다른 방법도 있는

데, 용악은 오직 천마수에 모든 것을 의지하고 있었다.

갑자기 그런 자신이 시시해졌다. 천마수는 언제고 찢어져야 하는 물건인데 그런 불완전한 기물에 의존하고 있는 자신이 한심해진 것이다.

어느새 용악의 시선이 천마수에서 벗어났다.

손으로 전해지는 느낌을 굳이 피하지 않자, 그제야 용악의 몸이 알아서 꿈틀거리기 시작했다.

파학!

천마수에서 작은 파열음이 들렸지만 용악은 신경 쓰지 않았다. 오히려 쉴 새 없이 몰아치는 다른 공격들에 시선을 두었다.

폭렬공이 한 번씩 터질 때마다 울리는 주변 공기가 용악의 귀엔 웅웅거리는 소리로밖에 들리지 않았다.

신기하게도 이전처럼 몸이 흔들리거나 충격을 전혀 받지 않았다.

용악은 무진의 강기를 막고 있던 손을 옆으로 움직여 보았다. 그러자 손은 의외로 쉽게 움직였다.

쾅!

짧은 굉음이 터졌고 나머지는 정지된 것들처럼 느리게 용악의 주위로 지나쳐 갔다.

툭툭.

용악은 다가오는 기의 여파와 이물질들을 가볍게 쳐내며 앞으로 움직였다.

'뭐, 뭔가 이상하다!'

무진은 팽팽하게 유지되던 상황에서 아주 작은 변화를 감지했다.

용악의 표정.

딱딱하게 굳어진 얼굴로 그의 운외반간을 막아내던 용악의 표정이 한순간에 돌변하며 무심해졌다. 그의 손에 전해지는 감각은 이전과 다름없는데 그 무심한 눈빛을 보자 오싹해지고 말았다.

'설마 전력을 다하고 있었던 것이 아닌가?'

무진은 자신의 눈이 커지고 있음을 느끼지 못했다. 그럴 수밖에 없는 것이, 무진의 눈에 환영이 보였기 때문이다.

분명 용악은 가만히 있는데 누군가가 일어서고 있는 듯한, 실제 용악은 따로 있고 지금까지 무진을 상대했던 자는 껍데기인 것 같은.

"가, 가라… 고, 공격해!"

무진은 좌위들을 집어 던지기 시작했다.

그런 그의 눈에 용악이 손을 옆으로 밀치는 모습이 들어왔다.

쾅!

"……!"

운외반간의 기운이 소멸됐다.

덜컥거리며 이어지는 충격에도 무진은 반응하지 않고 용악을 뚫어져라 쳐다봤다.

용악에게 내던진 좌위들이 순서와 무관하게 폭발을 일으켰다. 붉은 연기가 뿌옇게 사방으로 퍼졌고 이내 용악의 모습은 보이지 않았다.

"죽었나?"

마일이 다가와 쓸데없는 소릴 지껄였다.

무진은 마일의 얼굴을 돌아볼 여유도 없었다.

"도, 도망가야 해."

"무슨 소리야? 천마라고 해도 저 폭발 속에서는 살아남기 힘들… 어야 하는데……."

마일의 말이 멈추었다. 스스로 멈춘 것이 아니라 멈출 수밖에 없는 상황이 됐다. 좌위들의 육편들이 난무하는 공간을 너무도 자연스럽게 뚫고 나오는 얼굴을 본 까닭이다.

"처, 천마!"

"저, 저자는… 인간이 아니야. 운외반간을… 저런 식으로 튕겨낼 순……."

"아, 악마!"

마일이 외쳤다.

다가오는 용악은 소름이 끼칠 정도로 멀쩡했다. 마치 조금 전까지는 그냥 당해준 사람처럼 아무렇지도 않게 걸어왔다. 입가에 미소까지 얹은 채로.

"너희들 덕분이다."

"……?"

"천마인의 진정한 위력을 너희들 덕분에 담을 수 있었다. 너희들 가슴에 새겨진 것이 진짜 천마의 인장이다."

"가, 가슴?"

파슉!

두 사람의 심장 부위에서 무언가 삭는 소리가 났다.

"……!"

무진과 마일은 동시에 떨리는 눈을 내려 자신들의 앞가슴을 내려다봤다. 뿔 두 개 달린 악마의 문양이 찍혀 있었다.

"언… 제… 쿨럭……."

기침과 함께 흘러나온 핏물.

가슴을 지나 허벅지까지 붉은색이 됐을 때에야 두 사람은 바닥에 이미 피가 고여 있음을 볼 수 있었다.

"너희들을 보낸 자가 누구냐?"

용악은 쓰러지기 직전의 두 사람에게 한 발 앞으로 다가갔다. 이미 두 사람은 말을 할 수 있는 상태가 아니었다.

두 사람은 뭐라고 말을 하려 했지만 이내 바닥에 얼굴을 박았다.

"곧 만나게 되겠지."

고단한 승부의 끝치고는 허무한 결말이었으나 아직 끝난 것은 아니었다. 사마중경이 있는 곳에선 여전히 굉음이 터지고 있었다.

*   *   *

"이런……."

공투가 눈앞에 펼쳐진 광경에 할 말을 잃고 쳐다봤다. 빽빽하던 숲은 어디론가 사라지고 반경 오십여 장은 족히 될 만한 공간이 나타났다.

천마십로가 가만히 땅을 만져 보고는 일어났다. 그리고는 시체 두 구가 쓰러진 곳으로 신형을 날렸다.

"천마인……."

"천마인이요?"

곧장 뒤따라왔던 공투가 되물었다.

"주군께서 이들을……."

천마십로가 말을 잇다 말고 숲 저편을 돌아봤다.

"설마……."

천마십로는 믿을 수 없다는 표정이 됐다.

저 건너편에서 들리는 소리는 아직도 싸움이 진행 중임을 뜻했다. 이 엄청난 상황을 만들어내고도 아직도 싸움이 끝나지 않은 것이다.

"시마는 제후를 보호하시게."

"저도 함께 가겠습니다."

려군은 무진과 마일의 시체를 살핀 후, 살폈다고는 해도 그들의 몸을 만진 것에 불과하지만, 천마십로에게 다가와 있었다.

"…그럼 십칠로와 십팔로께서 수고를 해주시오."

천마십로의 말이 끝나기 무섭게 두 노인이 려군의 곁으로 다가와 한쪽 팔씩 붙잡았다.

"시마, 가세나. 이 정도 싸움을 한 분이 주군이라면… 아무리 주군이라도 곤란을 겪고 있을 걸세."

'곤란? 주군께서?'

려군에 이어 천마십로까지 용악을 걱정하는 말을 하고 있었다. 공투의 전신에서 마기가 폭풍처럼 일어났다. 그런 일이 생길 리도 없지만 생긴다고 해도 다 막아낼 생각인 것이다.

숲 건너편에 도착하자마자 공투의 눈에 가장 먼저 들어온 것은 종잇장처럼 찢겨진 숲이었다. 찢어지고 파인 곳이 한두 군데가 아니었고, 어떤 곳은 텅 비어 사막이라고 해도 믿을 수 있을 것 같았다.

한 명의 노인이 가장 먼저 공투의 시선에 들어왔다.

천신이라 불려도 손색이 없을 정도로 강렬한 존재감을 뇌전과 함께 사방에 뿌려대는 노인이었다.

노인은 정말로 천상을 지키는 수호신이 아닐지 의심할 정도로 엄청난 신위를 보여주고 있었다.

하늘을 지키는 천상수호장들이 아수라를 처단할 때 사용했던 것이 뇌전이라고 했던가?

노인은 허공에 뜬 채 연신 푸른빛 감도는 뇌전을 양손으로 뿌려대고 있었다.

그 위엄에 질려 적으로 보이는 자들은 감히 접근조차 하지 못했다. 그리고 노인과 조금 떨어진 곳에서 한 청년이 바위에 등을 기댄 채 누워 있었다.

"주군!"

공투가 용악을 알아보고 깜짝 놀라 외쳤다.

정말로 용악이 이곳에 있었던 것이다.

공투의 외침을 들었는지 용악이 시선을 돌렸다.

"저를 천마께 데려다 주세요."

려군은 멀리 있는 용악이 보이기라도 하는 것처럼 심각한 어조가 됐다.

"주군의 명이 있기 전에는……."

천마십로는 그런 려군을 가만히 바라보다 가볍게 혀를 찼다.

"서둘러야 해요, 어서요!"

"어허, 감정이 앞서서는 안 되는 일이오, 제후."

"……?"

려군은 천마십로의 타이르는 말에 당혹스러운 표정을 지었다가 왜 그런 말을 하는지 이내 깨달았다. 하나 천마십로를 이해시킬 시간이 없었다.

지금 그녀의 예지력이 용악의 상태가 온전하지 못하다는 경고를 하고 있기 때문이다.

"시마, 제가 천마께 갈 수 있도록 도와주세요."

려군은 천마십로를 설득하기보다 공투에게 도움을 요청

했다. 목소리의 다급함이 전해졌는지 공투가 이채를 발했다.

"주군께서 저토록 멀쩡하신데, 왜 그리 서두르는지 알려주면 그리하겠소."

"그럴 시간이 없어요. 시마의 눈엔 천마께서 온전해 보일지 몰라도 제게는 보여요. 수분이라고는 하나도 없는 나무가……."

'뭐라는 거야?'

공투는 려군의 이해할 수 없는 말을 들으며 머리가 지끈거렸다. 하지만 려군의 표정은 도저히 말을 듣지 않고는 못 배기게 만들었다.

"누가 감히 혈교의 주인께 덤비는 거냐!"

폭갈과 함께 공투와 열 구의 혈강시가 빠르게 달려들었다. 공투가 탄 혈강시를 제외한 아홉 구의 혈강시가 좌위들을 잡자마자 팔과 몸통을 분리시켜 버렸다.

천마구로 중 여덟이 공투의 뒤를 봐주며 움직였고, 천마십로가 려군을 안고서 용악에게 향했다.

"저것들은 뭐지?"

요요가 난입하는 한 명의 청년을 보고 짜증 어린 목소리로 적혼에게 물었다. 사마중경을 상대하기 위해 인원 배치며 전략까지 모두 짜놓은 상황인데 느닷없이 한 곳이 뚫려 버린 셈이 됐기 때문이다.

"혈교라는군."

"나도 귀는 있어!"

"요요, 네가 말하던 사파의 무리가 아닐까… 생각이 든다."

"사파의 무리?"

요요의 표정이 굳어졌다.

그림자로부터 들었던 기억이 났다.

뒤쪽에 사파의 무리로 추정되는 자들이 있었다고.

"문제는 저들이 아니라 저 젊은… 천마다. 왜 가만히 있는지 모르겠다. 무진과 마일이란 자들이 돌아오지 않는 걸 보면 이미 그쪽은 끝이 났다는 뜻인데……."

"그것들, 자신있게 말하더니. 좌위만 해도 이백은 될 텐데 겨우 반나절도 못 버티고 죽어? 병신 같은 것들……."

요요는 이미 죽은 무진과 마일을 향해 욕설을 퍼부었다. 그들이 조금만 더 시간을 끌어주었으면 사마중경은 물론이고 천마까지 잡을 수 있다고 여긴 까닭이다.

"그만큼 천마가 강하다는 뜻이기도 하지. 아무튼 천마가 사마중경을 도울 생각은 없는 것 같으니 우리로선 다행스런 일이다."

"아니, 다른 이유가 있을지도 모르지."

"무슨?"

"다쳤다거나."

"……!"

적혼은 요요의 위험한 생각에 인상을 찌푸렸다. 용악에게 신경 쓸 여유가 있으면 사마중경을 죽이는 쪽에 쏟아야 하기 때문이다.

요요는 손을 멈추고 용악을 지켜봤다. 하나 용악은 잔뜩 긴장한 요요를 허무하게 만들었다. 모습을 드러내자마자 사마중경을 돕는 것이 아니라, 자리를 잡고 앉아 아무것도 하지 않았기 때문이다.

그 뒤로 요요와 적혼의 공세는 더욱 거세게 사마중경을 몰아붙였고 이제 막바지에 다다른 상황이었다. 이런 상황에서 공투 등이 나타난 것이다.

"적혼, 내가 사마중경을 상대하는 동안 저들을 처리해. 그럼 승산이 있어."

"나 혼자 저들을? 요요, 내가 저들을 상대하면 천마가 가만히 있을 것 같으냐?"

"다쳤다니까!"

"확신하지 마라, 요요. 이쯤에서 그만둬야 한다. 사마중경과 같은 고수를 상대로 이 정도 싸운 것만 해도 대단한 거야. 림주께서 우리만 보낸 데엔 이유가 있다. 설마 사마중경을 우리 둘이서 처리하라고 보냈을까? 이 정도면 됐다, 요요."

적혼이 설득조로 말하자 요요의 표정이 조금은 달라졌다. 하나 아무리 좋게 생각하려 해도 사마중경을 놓치는 것은 마음에 들지 않았다.

"빨리 결정해. 저… 노인들, 보통 고수가 아니다."

요요가 결정을 내리지 못하고 있는 동안 적혼이 장내를 보며 심각한 어조로 말했다. 그제야 요요도 장내로 시선을 돌렸다.

폭렬공을 펼치려는 좌위들을 십여 조각으로 잘라 버리며 거침없이 한 축을 무너뜨리는 여덟 노인과 한 명의 청년, 그리고 열 구의 강시가 그녀의 눈에 들어왔다.

"좌위들을 저리 허무하게 처리해?"

"검강이다. 저 여덟 명 모두 검강을 뿌리고 있다고! 더구나 저 강시들… 폭렬공에도 멀쩡하다. 요요, 결정을 내려다오."

'나와 적혼이 소흘지신체로 변하면 사마중경은 상대할 수 있다. 하나 천마가 다친 것이 아니라면… 곤란하다. 어쩐 다…….'

사마중경과 천마를 상대해야 하는 상황에서 그들을 내버려 두고 부하들과 결판을 낸다? 무의미한 일이 아닐 수 없는 것이다.

으드득!

요요가 이를 갈았다.

"려군이 천마를 뵙습니다."

려군은 천마십로의 팔에서 내려 용악에게 정중한 예를 취했다.

"왜 아직도 이곳에 있는 거지?"

용악은 사마중경이 싸우는 모습을 지켜보다 천천히 시선을 돌렸다.

용악의 눈을 마주 본 려군의 눈동자가 흔들렸다.

무언가 비어버린 것 같은 저 눈. 지나치게 차분히 가라앉아 있어 오히려 불안하게 만들었다.

"제가 드린 힘이 되돌아왔습니다. 주군의 신변에 무슨 일이 있다고 여겨 달려왔습니다."

"일은 무슨… 한데 힘이라니? 이미 다 가져가지 않았던가?"

"한 번 젖은 천이 꽉 짰다고 금방 마르나요. 그 덕분에 주군을 찾는 것이 쉬웠습니다."

재미있는 비유라고 생각했던가?

용악이 마른 웃음을 터뜨렸다.

"신녀가 곁에 있었다면 이런 일이 생기기 전에 조치를 취하셨겠지만, 아직은 저의 능력이 일천한지라 늦었습니다."

"이런 일? 아무 일도 없다고 한 것 같은데?"

"…아시잖습니까?"

"모르겠는데?"

"잠시 손을……."

려군이 조심스럽게 용악의 손을 잡아갔다.

뒤에서 지켜보던 천마십로는 용악이 가만히 손을 잡혀주는 것을 보며 이채를 발했다. 용악에 대해 잘 안다고 할 순 없지만 그동안 봐온 용악은 저렇게 순순히 응해줄 사람은 아니었다.

"이래도 사실대로 말씀해 주지 않으실 텐가요?"

려군이 책망하듯 용악을 바라봤다.

용악의 이전 싸움을 꿰뚫어 보고 있는 것 같은 눈이었다. 더 이상 속일 수 없음을 깨달은 용악은 낮은 목소리로 입을 열었다.

"후… 꽤 힘든 싸움을 했다."

"힘든… 주군을 그 정도로 몰아붙인 자들이… 혹시 저자들인가요?"

"아니, 저들하고 같이 온 자들이었다. 백마신교주란 자를 상대하고 나서 이상한 놈 하나마저 처리하고 난 후라 힘 조절에 실패했던 모양이다."

용악의 말보다 말을 하는 목소리에서 고단함이 느껴지자 려군은 조용히 경청한 채 다음 말을 기다렸다.

"훗. 그래도 내가 더 편했던 모양인데?"

용악의 시선이 허공을 향했다.

그곳엔 덤벼드는 좌위들을 상대하는 사마중경이 있었다.

"저 노인을 아십니까?"

"사마중경."

"여의단주 사마중경!"

놀란 외침은 려군이 아닌 천마십로에게서 터졌다.

"십로, 사마중경에 대해 아는 모양이군."

"알다 뿐이겠습니까. 혈마께서 인정한 몇 안 되는 고수 중한 명이 저자입니다."

"그래?"

용악은 그럴 만하다고 여겼는지 고개를 끄덕였다.

"사람들은 삼왕 못지 않은 실력을 가진 자가 한 명 더 있다

는 것을 모르고 있다고 하셨는데… 그 한 명이 바로 저 사마중
경입니다."

"그럴 만하지."

용악은 천마십로의 말이 아니라도 사마중경이라면 그 정도
의 인정을 받는 것이 당연하다고 생각했다.

"주군, 혹시 저 뒤쪽에서 싸우셨던 분이……."

천마십로는 용악을 봤을 때부터 묻고 싶었던 질문을 건넸
다.

"나다."

용악이 고개를 끄덕였다.

"……!"

천마십로는 놀란 표정을 숨기지 않았다.

반경 오십 장 가까운 공간을 평평하게 만들 정도의 싸움을
벌였다는 뜻이기 때문이다.

용악의 무공이 강한 것은 알고 있었지만 그 정도일 줄은 몰
랐다는 듯 천마십로의 눈에 생기가 감돌았다. 무엇보다 용악
이 그 정도의 싸움을 벌이고 났음에도 다음 싸움을 준비하고
있다는 것에 뿌듯해지기까지 했다. 하나 그것이 뿌듯하기만
한 일은 아니었다.

"주군은 혼자가 아니십니다."

천마십로가 걱정스런 목소리로 말을 이었다.

"그런 걸 생각할 수 있는 상황이 아니었다."

용악은 굳어진 천마십로의 표정을 보며 담담하게 대답해 주

었다. 그 말이 천마의 탄생을 이백 년 동안 기다려 온 천마십로에게 어떻게 들릴지 전혀 생각지 않은 대답이었다.

"천마십팔로는 주군을 위해 존재합니다. 주군만이 천마십팔로를 움직일 수 있습니다. 이 점, 유념해 주셨으면 합니다."

"알고 있다."

"한데! 어찌하여 혼자서 이들을 상대하신 겁니까!"

천마십로의 목소리가 격앙되자 용악의 손을 잡고 있던 려군이 깜짝 놀라며 뒤로 한 걸음 물러섰다.

"적당히. 제후가 놀라잖아."

"그, 그것이 아니라……."

려군이 고개를 저으며 용악을 뚫어지게 바라봤다.

천마십로 때문이 아님을 보여주는 모습이었다.

"내 몸에서 뭔가 발견했나?"

용악은 이채를 발하며 려군을 뚫어지게 쳐다봤다.

순순히 려군에게 손을 잡혀준 이유가 있었다. 무진과 마일을 상대할 때 마지막에 일어났던 몸의 변화가 궁금했다. 려군이라면 혹시나 그 궁금함을 해소시켜 줄지 모른다는 기대를 한 것이다.

"어떻게 이런 일이……."

려군은 당황해서 말도 끝까지 못하고 바닥에 주저앉았다. 이마에는 땀방울이 가득하고 안색은 창백하게 질려 있었다.

'내가 전해드리고자 했던 힘이 순식간에 모두 주군의 몸속으로 빨려 들어갔다.'

려군이 이해할 수 없는 현상이었다.

용악의 상태를 알아보기 위해 잠시 손을 잡았을 뿐인데 그 사이 려군의 힘이 무려 오 할 이상 들어가고 말았기 때문이다.

"아… 이것이 네 힘이구나."

용악은 팔을 주억거려 보고는 탈진한 것 같은 려군을 일으켜 주었다. 몸속의 수분이 모두 날아간 것처럼 푸석하던 몸이 한결 부드러워진 느낌이었다.

움직이기만 해도 먼지가 날 것 같은 바싹 마른 천에 물기가 채워진 것 같은?

운기를 한 것도 아니고 영약을 복용한 것도 아님에도 몸이 가벼워졌다.

"시마의 실력이 늘었구나."

용악의 입에서 엉뚱한 말이 흘러나왔다.

려군과 천마십로가 공투가 싸우고 있는 곳을 돌아볼 때였다.

"십로, 제후를 보호하라."

"헛!"

천마십로가 고개를 돌렸을 때는 이미 용악의 신형이 허공으로 솟구친 후였다.

"아직 멀었소? 난 끝낸 지 한참 됐는데."

용악은 허공을 향해 귀찮은 목소리를 냈다.

이미 용악이 와 있다는 것을 알고 있는 사마중경은 눈을 돌리며 코웃음 쳤다.

"내가 노나? 자네를 공격했던 자들의 두 배는 족히 될 걸세. 게다가 저 계집과 저놈은 아주 성가시다고!"

사마중경은 뇌정신수로 계속해서 달려드는 좌위들을 떼어 내면서도 여유를 잃지 않은 모습을 보였다.

용악보다 훨씬 많은 수를 상대하면서도 힘의 배분을 염두에 두고 있었던 모양이다. 노강호의 노련함이 묻어나는 자세가 아닐 수 없었다.

"하하하. 됐네, 이 정도 갖고 감탄씩이나 하긴 그렇지. 게다가 아직 진짜도 나타나지 않았는데 말이야."

사마중경은 용악이 돕겠다는 말을 하지도 않았는데 거절하며 심각한 표정으로 건너편에 있는 일남일녀를 쳐다봤다.

"저들 말고 더 있다는 뜻이오, 단주?"

"당연하지! 자네, 설마 저 계집과 어린놈이 수뇌라고 생각하는 건 아니겠지?"

"……."

"저것들을 이곳으로 보낸 놈이 있네. 적어도 한 명 이상이지."

"그들이 누군지 알고 있단 말이오?"

"알다마다! 나와 자네 사부에게 잊을 수 없는 기억을 안겨준 놈들이네."

"……?"

"자네… 아무것도 들은 바가 없나?"

"무엇을 말이오?"

"어허! 혈마가 아무 말도 안 해주었단 말인가?"

"전혀. 그 정도로 사부님과 친분이 깊었소?"

"음? 오, 오해는 하지 말게. 우린……."

퍼펑!

좌위들의 몸이 폭발하는 소리에 사마중경의 목소리가 묻혔다.

"십로, 대화를 방해받고 싶지 않다."

"명을 받습니다."

천마십로는 용악의 말을 이해하고 곧장 좌위들을 쓸어갔다. 그러자 반대편에서 열심히 밀어붙이던 나머지 천마팔로가 합세하여 좌위들의 한 축을 무너뜨려 갔다.

천마구로의 등장으로 사마중경은 이전보다 훨씬 쉽게 좌위들을 상대하게 됐다.

"이보게, 천마. 나는 도와달라고 한 적 없네."

"나 좋자고 한 거니 신경 쓰지 마시오."

용악이 사마중경을 올려다보며 피식, 웃었다.

이때까지만 해도 사마중경은 용악이 자신에게 호감을 갖고 있어서 나섰다고 여겼다.

"여긴 됐으니 자네 부하나 불러들이는 게 어떤가?"

사마중경이 요요에게 다가가는 공투를 가리켰다.

"십로, 시마를 도와라."

용악이 미간을 찌푸렸다.

진에 이어 무진과 마일의 소홀지신체를 경험한 용악이었다.
여인은 공투 혼자서 어찌해 볼 수 있는 상대가 아니었다.

천마구로 중 둘이 용악의 명령에 따라 곧장 공투의 뒤를 쫓
아갔으나, 그들이 공투에게 다가가기도 전에 격돌은 벌어지고
말았다.

쾅!

'한음투골조!'

멀리서도 뚜렷이 알 수 있을 정도의 백색소수.

용악의 표정이 굳어졌다.

공투가 전력을 다해 천마십이수를 연달아 펼쳤으나 백색소
수를 막기엔 역부족이었다. 백색소수가 공투의 수영들을 파괴
하며 가슴을 때렸다.

"십로, 시마를 데려와라. 제후!"

"예!"

"시마를 봐다오."

"할 수 있습니다."

려군은 아직도 창백한 얼굴임에도 불구하고 당차게 대답하
며 웃음까지 띠었다.

용악이 그녀를 믿는 것이다.

실망시키고 싶지 않았다.

드드드드—

"감히……."

용악의 몸에서 기이한 음향이 일기 시작했다. 아니, 주위의

땅이 용악의 분노에 반응하여 일어나는 소리였다.

점으로 보이던 요요의 모습이 확대됐다.

천마등등공으로 거리를 압축한 효과였다.

용악은 놀라는 요요를 향해 손을 들었다.

검지와 소지가 세워져 있었다.

"조심해라, 요요!"

요요의 앞으로 끼어든 적혼이 천마인을 향해 단룡창을 찔러
왔다.

쩡!

단룡창은 천마인의 핵이라 할 수 있는 곳과 정면으로 부딪
쳤다.

그그극!

"……!"

한 손으로 단룡창을 밀어내던 적혼의 눈이 찢어질 듯 부릅
떠지며 급히 양손을 겹쳤다. 하나 소흘지신체가 아닌 상태에
선 용악의 천마인을 막기엔 역부족이었다.

용악의 분노가 더해지자 적혼의 신형이 뒤로 쭉 밀려나고
말았다.

턱.

요요가 밀려나던 적혼의 등에 손을 대며 더 이상 밀리지 않
게 했다.

"네 말이 옳았다. 피해야 했다."

"이제라도 알았으니 다행이다."

"비꼬지 마."

"그럴 여유라도 있었으면 좋겠다. 지금이라도 몸을 빼지 않으면 우린 죽는다."

적혼의 목소리에는 긴장감이 가득했다.

"안다고! 뭐 해, 천마를 공격해!"

요요는 좌위들에게 공격 명령을 내리는 한편, 다가오는 용악을 향해 한음투골조를 펼쳤다.

쾅!

"헉!"

한음투골조가 용악의 천마인에 닿자 산산조각 나면서 그녀의 어깨를 덜컥거리게 만들었다. 내공의 차이를 한눈에 알 수 있게 해주는 모습이었다.

콰쾅!

요요와 적혼에게 다가가려는 용악의 앞에 좌위 십여 명이 동시에 폭렬공으로 몸을 터뜨렸다.

좌위들의 몸이 터지는 것을 본 요요는 이를 악물며 몸을 돌렸다.

"다 잡았는데……."

사마중경을 가리키는 말이었다.

그때, 그녀의 귀로 나직하면서도 소름 돋는 목소리가 들어왔다.

"갈 수 있을 것 같으냐?"

용악의 모습은 보이지 않는데 목소리가 혈우 속에서 들려왔다.

"먼저 가라."

적혼이 요요를 막아섰다.

요요는 어이없는 웃음을 흘렸다.

그녀도 상대하기 버거운 용악을 적혼이 막겠다고 나선 것이다.

"말이 되는 소리를 해."

"어차피 너나 나나 말이 안 되는 건 똑같아. 그럼 네가 가는 편이 낫다."

"쓸데없는……."

요요는 화를 내려다 적혼의 몸이 붉게 타오르는 걸 보며 말끝을 흐렸다.

번쩍!

적혼의 손에서 빛이 뿜어졌다.

요요는 엉겁결에 한음투골조를 펼쳐 그 빛을 막았다.

적혼은 요요의 한음투골조를 등으로 받는 것 같다가 회전을 하며 되돌려주었다. 그러자 요요의 한음투골조에 실린 힘이 그대로 되돌아갔다.

"적혼……."

"림주께 알려라, 요요. 사마중경이든 천마든… 인간의 한계를 넘어선 자들이라고."

적혼이 멀어지는 요요를 향해 희미하게 웃었다.

청죽림주의 의도를 안 까닭이다, 왜 요요에게 적혼을 딸려

보냈는지를.

청죽림주는 최악의 상황까지 염두에 두었던 모양이다. 최악의 상황에서 적혼이 취할 행동까지.

그때였다.

"어디 갔어!"

적혼을 향해 다가온 자는 용악이 아니었다.

전신에 마기와 살기를 뒤집어쓰고서 눈을·부라리는 공투였다. 적혼은 그가 요요의 한음투골조에 맞아 날아가는 것을 본 후였다.

공투의 객기라 여기고 시선을 돌렸다.

용악을 찾는 것이다.

'응? 천마가 사마중경에게?'

용악이 뇌전이 흐르는 사마중경의 지배 영역 안으로 들어가 있었다. 두 사람은 서로를 마주 본 상태로 대화를 나누고 있었는데, 적혼의 귀까지는 들리지 않았다. 음파를 차단한 모양이다.

"이봐, 내 말 안 들려? 그 계집 어디 있냐고!"

"죽고 싶지 않으면 조용히 있어라."

적혼은 공투를 돌아보지 않고 나직이 경고했다.

그러자 공투는 갑작스럽게 한 방 맞은 표정이 되었다. 요요를 놓친 것만 해도 미치고 환장할 지경인데 요요의 명령을 받던 놈까지 무시하자 기가 막혀 죽을 것만 같았다.

"하! 어디, 죽여보지그래?"

공투가 적혼 못지않은 낮은 목소리로 입을 열었다.

적혼의 도발은 공투의 투지를 한순간에 극한까지 끌어올려 주는데 큰 역할을 해주었다.

잠시 정신을 잃었다가 일어나 보니 한쪽 옆에서 려군이 웃고 있었다. 어떻게 된 상황인지 인식하기도 전에 자리를 박차고 쫓아온 것이다.

용악이 보는 앞에서 망신을 당했다.

힘을 갖고 있으면서도 제대로 활용을 못한 스스로에게 부끄러워 죽고 싶은 심정이었다. 그런 공투의 분노에 적혼이 기름을 끼얹고 말았다.

공투의 주위로 혈강시 열 구가 내려섰다.

"죽여보라고, 계집에게 명령이나 받는 자식아."

"······!"

공투를 돌아보지도 않던 적혼의 눈에 이채가 감돌았다. 전혀 위협적이지 않게 보이던 공투에게서 갑자기 엄청난 마기가 느껴진 까닭이다.

"이제야 해볼 마음이 생겼느냐?"

공투가 한쪽 입꼬리를 올리며 웃었다.

"강시··· 재미있는 무공이구나. 천마에게 써먹으려던 소홀의 힘을 꺼내도 될 것 같다."

"소홀?"

공투가 반문하는 동안 적혼이 입가를 닦았다. 정확히는 입을 닦는 척하면서 환단을 복용하고 몇 군데 혈도를 눌렀다.

그러자 무진과 마일에게 있었던 신체 변화가 똑같이 일어났다.

붉은 아지랑이에 둘러싸이는 적혼을 보자 공투는 긴장을 안할 수가 없었다. 하나 머릿속에선 지금이 공격할 때라고 경종을 울리는데 그놈의 자존심 때문에 기다리는 쪽을 택하고 말았다.

말랑말랑한 진흙이 마르자 단단해지는 것처럼 적혼의 몸에서 아지랑이가 수그러들자 오히려 풍기는 기운이 강해졌다.

"더 기다려야 하나?"

공투는 태연한 척 팔짱까지 꼈다.

붉어진 피부의 적혼이 한쪽 입꼬리를 올리며 고개를 가로저었다.

"기회는 왔을 때 챙겼어야지."

"그러지 않아도 될 것 같은데?"

공투의 말이 끝나자마자 적혼은 움직였다.

슬쩍 손을 흔든 것뿐인데 붉은 창이 공투의 코앞까지 다가왔다. 그 정도면 충분히 공투의 기를 꺾을 거라 생각한 공격이었다. 하나 공투 역시 각오를 다진 상태였다.

"전이(轉移)!"

공투의 외침과 함께 열 구의 혈강시가 일제히 손을 뻗었다. 그러자 혈강시들에게서 나온 기운이 공투의 손으로 옮겨오며 거대한 손이 단룡창과 정면 충돌을 일으켰다.

쾅!

"……!"

적혼은 무심코 펼쳤던 단룡창이 허공에서 멈추며 이윽고 뒤로 밀리는 것을 지켜보고 깜짝 놀랐다.

소흘지신체로 변한 그는 요요보다 훨씬 강했다.

그런 그의 단룡창이 밀리고 있는 것이다.

"왜, 이제 좀 실감이 나나?"

공투의 비웃음이 담긴 한마디가 적혼의 심장에 불을 질렀다.

"단룡창 한 번 막아내고 기고만장하기는……."

"기고만장? 그럼 얼마든지 더 해보지그래? 다 받아줄 테니까."

공투가 적혼을 똑바로 주시하며 손을 까딱거렸다.

第六章
전력을 다해야 할 거요

천산마제

"놓치다니……."

천마십로는 요요가 도망치는 것을 보고도 움직일 수 없었다. 당연히 용악의 명령이 떨어질 줄 알았다가 손을 쓰기엔 늦어버린 탓이다.

용악은 태연히 사마중경과 얘기를 나누고 있었다. 천마십로의 생각으로는 그런 용악을 도저히 이해할 수 없었다.

그러나 용악의 입장에서 보면 요요가 떠나는 것이 훨씬 나았다. 요요의 한음투골조와 부딪치는 순간 용악은 려군에게 받은 힘의 일부를 이화유능제로 심어놓은 상태였다.

려군이라면 요요의 행방을 알아낼 수 있을 것이다.

그런 사실을 모르는 천마십로로선 신경 쓰이는 것이 당연했다.

천마십로의 찜찜한 표정 위로 용악은 태연하게 사마중경과 나란히 허공에 떠 있었다. 사마중경을 공격하던 좌위들은 이미 천마팔로를 에워싼 뒤였다.

"부하들 실력이 괜찮군. 앞으론 나도 단의 실력을 올리는 데 신경을 써야 하려나. 아! 그건 그렇고 그 계집은 왜 놓아주었나?"

"그러는 단주는 왜 가만히 있었소? 데려갔던 놈을 잘 숨겨 두어서 그런 거요?"

"데려갔던 놈? 무슨 말인지 모르겠군. 나야 저놈들 때문에 움직이지 못하고 있었잖은가? 다 봐놓고……."

사마중경은 용악이 휴에 대해 말하자 말도 돌리고 눈동자도 돌렸다. 그곳엔 마혈과 아혈을 제압해 놓은 휴가 있었다.

"어? 저 젊은 녀석은 도와주지 않아도 괜찮겠나? 몸이 단단해져서는 엄청 강해진 것처럼 굴던 녀석들 말일세."

"……."

용악은 사마중경이 가리키는 쪽을 돌아봤다. 그곳엔 공투와 적혼이 일촉즉발의 상태로 서로를 노려보고 있었다.

"시마가 알아서 할 거요."

"시마? 강시들을 다뤄서 그런 이름이 붙었나? 뭐 이름이야 그렇고… 좀 힘들 것 같지 않나?"

"내 사람이요. 단주의 의견 따윈 들을 필요 없을 것 같소만?"

용악의 한마디에 사마중경이 한쪽 눈썹을 치켜올리며 화난 표정을 지었다. 하나 이내 원래대로 돌아갔다. 애초에 화가 나질 않았으니 화난 표정은 오래가지 않았다.

"오십 년 전이나 지금이나……."

사마중경은 입맛을 다시며 용악을 쳐다봤다.

사십대의 혈마를 봤을 때와 그 사부보다 강한 이십대의 천마.

얼굴만 다를 뿐 풍기는 기도나 말투는 판에 박은 것처럼 같았다. 첫 만남에서 사마중경으로 하여금 일생일대의 숙적이 될지도 모르겠다는 예감을 주었던 혈마. 지금 눈앞의 용악이 그때의 기분을 들춰내고 있었다.

구대문파가 이구동성으로 사마화인을 차기 여의단주로 인정한 것이 씁쓸해지긴 처음이었다. 일찌감치 여의총령직을 맡기고 뒤로 물러날 만큼 믿는 아들임에도 용악과 견주기엔 많이 모자랐다.

부르지도 않은 부하들이 알아서 찾아와 용악을 보호하겠다며 호들갑을 떨고, 용악은 그것이 당연하다는 듯 명령을 내린다.

용악의 또래 중에 저런 모습을 보일 수 있는 사람이 누가 있을까?

사마중경은 고개를 가로저었다. 당장 저 아래 공투와 싸우고 있는 적혼만 해도 사마화인이 상대하려면 몇십 합은 족히 겨뤄야 결판을 낼 수 있을 것이다.

용악은 그런 자들을 연속해서 세 명이나 상대한 후였다. 속으로는 어떨지 몰라도 겉으로 봐선 호흡 하나 흐트러짐이 없었다.

"적당히 정리가 됐으니 나는 이만 가봤으면 좋겠지만… 자네는 그리해 줄 생각이 없겠지?"

사마중경이 웃으며 용악에게 물었다.

용악은 담담한 표정만 지을 뿐 아무런 대답도 하지 않았다.

"없군."

용악은 사마중경의 장난스런 말에 웃었다.

당연히 사마중경을 그냥 보내줄 생각은 없었다. 하나 거기엔 단지 싸우고 싶다는 한 가지 생각만 담겨 있지는 않았다.

"두 사람과 싸운 적이 있소."

용악의 생각이 입으로 흘러나왔다. 사마중경이 듣기엔 무척이나 엉뚱하다고 여기게 만드는 말이었다.

"검왕과 도왕. 죽지 않을 자신은 있지만 그 이상은 내 마음대로 할 수 없는 싸움이었소."

"호! 검왕, 도왕과 겨루고도 죽지 않을 자신이 있었다? 놀랍군, 놀라워. 한데 그 두 분에 대해 말을 꺼내는 이유는 뭔가?"

"오늘 한 명을 더 넣어야 할 것 같소. 단주를."

'천마가 도왕과 싸운 얘기는 이미 들었으니 넘어갈 수 있지만, 검왕과도 싸운 적이 있을 줄은 몰랐다. 검왕이라… 그분의 천강을 생전에 받아보고 싶었는데 선수를 뺏긴 건가.'

사마중경은 지금까지 검왕을 단 한 번 만나봤다.

공식석상에는 거의 발걸음을 하지 않는 검왕이기에 우연히 지나치듯이 만나게 됐다.

정군산의 절차가 정검련을 만들었고, 정검련의 모든 사람들이 검왕을 추앙하며 수련에 정진한다고 했다. 그 얘기를 들을 때만 해도 사마중경은 여유를 가질 수 있었다. 하나 검왕을 보는 순간 전신에서 흘러나오는 정기와 기품에 압도되고 말았다.

그런 사람과 용악이 싸워봤다고 하는 것이다.

"천하의 천마에게 그런 말을 들으니 몸 둘 바를 모르겠군."

"과연 내 생각이 맞는지 알려주시오."

천마수가 끼어져 있는 용악의 손이 사마중경을 향해 펼쳐졌다.

'보통 손이 아니군. 검왕과 도왕도 어쩌지 못한 손인데 나는 어떨지 한번 보자? 이거 밑천을 꺼내야 하는 게 아닌지 모르겠군.'

사마중경은 용악이 하고자 하는 말을 깨닫고 씁쓸하게 입맛을 다셨다.

현 강호에서 유일하게 검왕과 도왕을 모두 상대해 본 사람이 눈앞에 있었다. 그들 둘과 사마중경의 무공을 비교해 볼 만한 기회였다. 앞으로 살면서 이런 기회는 오지 않을지도 몰랐다.

"알려주는 거야 어렵지 않네. 물론 지금이 아니라 언제라도."

"나는 지금 그것을 원하오."

"괜찮겠나?"

사마중경은 용악의 몸 상태가 정상이 아니며 기의 공백 현상으로 흐름이 많이 끊기고 있음을 꿰뚫어 본 뒤였다.

이전 싸움에서 타격을 입은 것이 분명했다. 그런 상태에서 대결을 원하고 있었다.

"괜찮소."

"그 결과가 죽음이라도?"

"훗."

용악이 사마중경의 반문에 실소를 터뜨렸다.

"왜 웃나?"

"단주는 한 번도 죽은 적 없소? 나는 이미 너무도 많이 죽어봐서 죽는다는 것에 아무런 감흥이 없소."

"여러 번 죽어봤다고?"

"명이 길어 살아나고, 살아났지만 그 순간은 분명 죽은 것이나 다름없었소."

'싸울 수 있는 상태인가에 대해 물었을 뿐인데 죽음에 관한 대답을 한다?'

사마중경은 자신도 모르게 웃고 말았다.

용악은 이미 그의 기준으로 잴 수 있는 크기가 아니었다. 현 강호에서 죽음에 대한 정의를 용악처럼 간단히 내릴 수 있는 사람이 몇이나 될지 떠올리다 그만두었다. 그 스스로도 아직 죽음에 대한 정의를 내려놓지 않은 상태인데 누굴 떠올린단 말인가?

"지금 상황에 결코 어울릴 수 있는 말은 아닌데… 묘하게 설득력이 있는 대답이었네. 그 손을 앞으로 영원히 사용하지 못하더라도 내 원망은 말게나."

"그렇게 해준다면 오히려 고마워할 거요."

"……?"

"내 개인적인 바람이오."

용악은 담담하게 대꾸한 뒤 양손으로 무시무시한 진기를 모았다. 그러자 손에 모인 진기가 금방이라도 튀어나갈 것처럼 빛을 뿜었다.

사마중경도 더 이상은 보고만 있을 수 없는지, 허공에 두 개의 원을 만든 후 양손을 가슴께로 모았다. 용악이 움직이는 순간을 기다렸다가 출수하기 위해서였다.

눈과 눈이 부딪쳤고, 의지를 담은 심장의 떨림이 서로에게 전달됐다.

어느새 허공에 떠 있던 두 사람의 신형도 반 자가량 가라앉은 상태가 됐다.

'허! 저 상태로 뇌정신기의 압박을 견뎌내고 있구나. 대단하다! 앞으로 십 년만 지나면 누가 있어 천마를 당해낼까?'

사마중경은 눈썹 하나 까딱하지 않고 있는 용악의 모습에 속으로 감탄을 금치 못했다. 지금 용악의 상태는 손바닥 안에 든 금붕어라고 할 수 있었다.

그런 압박을 받는 상태에서도 용악은 표정 하나 변하지 않고 감당하고 있는 것이다.

용악은 몇십 년 만에 처음으로 전력을 다해도 될 만한 상대라는 판단이 섰다.

파직!

사마중경의 몸에서 푸른빛이 빠져나왔다. 푸른빛은 이내 용악과 사마중경을 감싸고 둥글게 테두리를 치며 타올랐다.

"뇌정신기일세."

사마중경은 친절한 설명과 함께 손을 움켜쥐는 시늉을 했다. 그러자 푸르게 타오르던 테두리가 모여들며 두 사람을 푸른빛으로 에워쌌다.

"……!"

용악은 발끝에서 시작된 짜릿한 기운이 삽시간에 전신으로 퍼지는 것을 느꼈으나 제자리에서 움직이지 않았다.

"견딜 만한가?"

"얼마든지."

사마중경의 뇌정신기가 발끝에 닿는 순간 이화유능제로 흩뜨린 까닭에 그다지 큰 충격은 받지 않을 수 있었다.

'제후의 힘인가?'

이화유능제가 아니더라도 뇌정신기는 용악의 몸 안으로 침투하지 못했다. 용악의 이화유능제보다 먼저 일어난 려군의 힘이 막아준 까닭이다.

"뇌정신기에 영향을 받지 않는 사람은 처음 보는군. 그럼 좀 더 힘을 내보기로 할까?"

쩌저적!

사마중경의 말이 끝나자 용악을 덮쳤던 푸른빛이 뇌전의 형상으로 화하며 양쪽에 모습을 드러냈다. 이 뇌전은 곧 하나로 합쳐져 거대해졌다.

사마중경이 허공에 그린 원 안으로 손을 집어넣어 뇌전을 잡아가자마자 곧바로 뻗었다.

쾅!

"......!'

용악은 손바닥에 느껴지는 충격에 놀란 눈이 됐다.

사마중경의 대수롭지 않은 행동 하나에 실린 힘이 상상을 초월한 까닭이다. 하나 정작 놀란 사람은 사마중경이었다.

'뇌전창을 막았다고?'

사마중경은 믿을 수 없는 표정이 되어 용악을 쳐다봤다. 가볍게 펼쳤다고는 해도 공간을 고정시켜 놓은 상태였다. 허공에 그린 원을 겹친 이유가 그 때문이다.

그것은 사마화인이 구성과 함께 펼치던 방식과 흡사했다. 사마중경이 만든 허공의 원은 사마화인을 호위하는 구성이 만든 원과 같은 작용을 하는 것이다.

"이게 다요?"

용악의 도발이었다.

"만족스럽지 않은 모양이군. 뇌룡아(雷龍牙)라고 부르는 녀석이 있네. 받아보겠는가?"

"이번엔 실망시키지 않길 바라겠소."

"파하하하!"

사마중경은 자신도 모르게 파안대소를 터뜨렸다.

뇌룡아를 본 적도 없으면서 자신있게 대답하는 용악의 태도가 기가 막힌 까닭이다.

"뇌룡아!"

사마중경은 웃음을 멈추며 허공을 향해 외쳤다.

그러자 용악의 손에 막혔던 뇌전창이 흔적도 없이 사라지며 하늘에서 먹구름이 모여들었다.

우르르!

굉음과 함께 먹구름이 무언가를 토해냈다.

용악은 반짝이는 구슬을 본 것도 같았고 아주 작은 뇌전창을 본 것도 같았다.

'심상치 않다.'

용악은 아직 사마중경의 공격이 도착하지 않았는데 바짝 긴장해야 했다.

쾅!

"흡!"

용악의 입에서 절로 신음이 터졌다.

천마수와 부딪친 작은 빛 덩어리가 갑자기 입을 벌리며 용악을 삼키려고 했기 때문이다.

용악도 가만히 있지 않았다.

천마수를 천마벽의 원리로 쏘아낸 것이다.

콰콰콰!

연속된 굉음이 지나가고 잠시 정적이 흘렀다.

"천마, 겨우 한 개였네. 뇌룡구천까지 가려면 많이 남았으니 최선을 다해보게나."

'뇌룡구천? 그럼 조금 전과 같은 것이 한꺼번에 아홉 개가 날아온다는 건가?'

뇌룡아 하나만으로도 용악의 전신이 울릴 정도의 충격을 주었다. 그것이 아홉 개나 된다면 현재의 용악으로서는 막을 수 없었다.

'이번에야말로……'

용악은 생각과 달리 투지가 불타올랐다.

뇌룡아 아홉 개와 천마수.

충분히 바꿀 가치가 있었다.

용악의 눈이 빛을 내며 사마중경을 똑바로 응시했다.

해보려면 해보라는 눈빛이었다.

사마중경은 용악의 눈을 보며 자신도 모르게 달아올랐다. 뇌룡아를 정면으로 막아내고도 전혀 긴장하지 않는 용악을 보고 어떻게 흥분하지 않을 수 있겠는가?

우르르르!

이번엔 조금 전보다 더욱 거칠게 하늘이 울어댔다.

그때, 용악의 신형이 자리에서 사라졌다.

"이 공간 안에서 내 이목을 속일 수 있다고 생각하나? 더구나 뇌정신기에 닿은 채로?"

사마중경이 피식, 웃으며 손가락 하나를 들었다가 옆으로

그었다. 그러자 왼편에서 굉음과 함께 용악이 모습을 드러냈
다.

치이익!

뇌룡아를 막은 용악의 손에서 아지랑이가 피어올랐다.

"정말 자랑할 만한 손이군."

"옆에서 튀어나올 줄은 생각지도 못했소."

"말했잖은가, 이 공간은 나의 지배하에 있다고. 자네가 하늘
이라고 생각한 저곳 역시 내가 임의로 방향을 바꾼 것뿐이라
네."

사마중경의 말을 듣고서야 용악은 주위를 둘러봤다.

그러고 보니 조금 전에 뇌룡아가 튀어나온 곳은 하늘이 아
니라 측면이었다.

'하늘… 사방… 그런 건가…….'

용악은 어찌 된 영문인지 깨달을 수 있었다.

먹구름이라 생각했던 것은 일종의 가리개 역할을 하는 환영
인 것이다.

'갇힌 거군. 그럼 사람을 공격하면 되지.'

용악은 그제야 사마중경이 처음에 허공에 대고 그렸던 원을
떠올렸다. 두 개의 원이 겹쳐지면서 압박이 강해졌다.

쉭.

용악의 신형이 무서운 속도로 사마중경을 향해 날아갔다.
천마등등공의 위력이 새삼스럽게 펼쳐지는 순간이었다.

그러나 사마중경에게 다가가던 용악은 급히 신형을 뒤로 물

릴 수밖에 없었다. 날아가는 방향으로 뇌전이 날아왔기 때문
이다.

                    *   *   *

"아······."

려군은 자신도 모르게 탄성을 터뜨리고 말았다.

허공에 떠 있는 용악과 사마중경의 모습을 제대로 본 적이
거의 없는 것 같았다. 두 사람의 움직임은 그만큼 려군의 시각
으로 쫓아가지 못할 만큼 빨랐다.

가끔씩 터져 나오는 폭음으로 두 사람이 싸우고 있다는 것
을 짐작할 뿐이지 어떤 싸움을 하는지는 감조차 잡지 못하고
있었다.

"저들 뒤에 누가 있는지 모르지만 잔혹하기 이를 데 없는 자
군."

천마십로가 아직도 몸을 터뜨리는 좌위들을 보며 인상을 썼
다.

"십로께선 주군이 걱정되지 않으십니까?"

"······?"

천마십로가 의아한 눈으로 려군을 돌아봤다.

"한 번도 주군이 싸우는 것을 보지 않으셔서 여쭤본 것입니
다."

"제후는 주군의 싸움이 보이시는가?"

"예?"

"주군과 여의단주의 싸움은 범인의 눈으로는 보이지 않네. 물론 내 눈에도 명확히 보이지 않는 건 마찬가지지. 내가 전대 교주님을 모시면서 일찌감치 깨달은 것이 있다면 믿는 것이라 네."

"……?"

"주군을 믿어야지. 그것이 내 도리일세. 궁금하거든 시마의 싸움이나 응원해 주게."

천마십로는 말을 마치고 공투에게로 고개를 돌렸다.

그쪽에도 치열한 싸움이 벌어지고 있었다.

혈강시 열 구가 쉴 새 없이 움직였고 그사이에 가끔씩 공투의 악에 받친 외침이 터져 나왔다. 공투에게 소흘지신체로 변한 적혼이 부담스럽긴 마찬가지였던 모양이다.

"그러네요……."

"시마는 오늘 이후로 크게 달라질 걸세. 제후나 시마나 역대 십대마인 중 최연소가 되지 않을까 싶네. 이십대에 십대마인 이라니… 허허허."

천마십로는 기쁘게 웃음을 터뜨렸다.

려군이 공투를 도와주라는 말을 하지 않는 것이 이상하단 생각을 전혀 하지 않고 있는 것이다.

'시마, 주군께 전한 내 힘이 어떤 작용을 하는지 이제 알지 않나요?'

려군은 천마십로와 다른 눈으로 공투의 싸움을 지켜봤다.

걱정스러운 눈이 아니었다. 그녀의 힘은 이미 공투의 전신을 감싸고 있었다.

'뭔가 이상하다.'

공투는 싸움이 격렬해질수록 자신의 몸에 대한 의심을 하게 됐다. 요요를 죽이려다 날아갔던 때와 완전히 달라진 몸 때문이다.

쾅!

혈강시 두 구 위로 두 구가 겹쳤다. 총 네 구의 혈강시가 공투의 주먹처럼 움직여 적혼의 한음투골조와 충돌을 하며 낸 소리였다.

묵직함은 느껴질지언정 특별히 몸에 이상은 없었다.

'왜 이렇지? 왜?'

공투는 날 좋은 날 잘 마른 옷을 입은 것처럼 푸근함을 느꼈다. 몸의 상태가 최고조에 달했음을 뜻했다. 그러다 이상한 생각이 들었다. 지금 사용하고 있는 힘은 어쩌면 공투 자신의 것만 있는 것이 아닐지도 모른다는.

휙 소리가 날 정도로 고개가 빠르게 돌아가며 려군을 찾았다. 려군도 공투를 보고 있었다.

당신이오, 제후?

눈빛으로 던진 질문이었다.

아니요. 그건 온전히 시마, 당신의 힘이에요.

머릿속으로 곧장 전달되는 것 같은 목소리.

려군의 목소리가 공투의 머릿속을 울렸다.

"카하!"

적혼의 거친 목소리가 공투의 귀를 파고들었다.

공투는 돌아보지도 않은 채 손을 들었다. 적혼에게서 정체 모를 빛이 튀어나왔고 그 빛이 향하는 곳은 공투의 심장 쪽이 었다. 그냥 알았다.

쾅!

혈강시 한 구가 공투의 앞을 가리며 그 빛을 대신 받았다.

공투는 자신의 손을 내려다봤다.

빛을 내고 있었다.

그 빛이 적혼의 단룡창을 막고 있는 혈강시와 이어져 있었 다.

'어째서 내가 저자의 공격을 미리 알고 있었던 거지? 아니, 알 수는 있다고 치자, 내가 왜 이렇게 쉽게 저 공격을 막을 수 있느냐고!'

공투는 려군이 전해준 힘 때문임을 깨닫는 데 오래 걸리지 않았다. 하나 그 힘을 부정했던 공투로서는 참혹한 심정이 될 수밖에 없었다.

'그 모욕을 아무렇지도 않게 참아낸 건가. 제길, 어떻게 얼굴을 들라고…….'

공투는 갑자기 려군의 하얀 얼굴이 떠올랐다.

얼굴에 열기가 오른다. 붉어지려 하는 것이다.

"얼마든지… 해보라고 했잖아! 좀 더 해봐!"

공투는 려군에 대한 부끄러움을 적혼에게 쏟아내며 혈강시들을 움직였다.

혈강시 두 구가 적혼의 단룡창을 옆에서 잡으며 뜯어내듯이 힘을 썼다. 혈강시 두 구의 손에는 이미 려군에게 받은 힘이 장갑처럼 손을 보호하고 있는 상태였다.

파— 창—!

"커헉!"

단룡창이 깨지며 적혼은 피를 한 움큼 토해냈다.

아무리 소흘지신체로 적혼의 몸이 바뀌었다고 해도 단룡창을 임의로 조종할 수 있는 단계에는 이르진 못한 것이다.

더구나 공투와 열 구의 혈강시는 마치 하나처럼 연결되어 움직여서 힘을 한 곳에 집중시켜 사용하는 단룡창으로는 무리가 있었다.

"똑똑히 보았느냐? 이것이 나, 공투… 와 제후의 힘이다."

공투는 당당하게 말하고는 뒤를 돌아보았다.

려군이 보고 있었다.

척.

손을 들어 려군에게 고맙다는 표시를 건넸다.

공투의 손을 보며 려군이 웃었다.

"제후, 조심하시오!"

공투가 갑자기 소리치며 기의 폭풍을 일으켰다.

콰우우—!

려군의 뒤쪽에 나타난 일단의 무리를 본 탓이다.

"시마의 표정이······."

"적이 더 몰려온 모양이네, 제후."

"적이라니요?"

려군은 천마십로의 말에 화들짝 놀라 주위를 둘러보았다.

"아!"

어디라고 딱히 꼬집어 말할 수 없었다.

좌위들의 숫자와는 비교도 할 수 없는 인원이 개미 떼처럼 모습을 드러내며 장내로 몰려들어 오고 있었다.

그중 십여 명의 인물이 선두에서 훌쩍 떠올랐다가 장내에 내려섰다. 가사를 두르고 이마에 아홉 개의 계인을 찍은 대사와 비슷한 연배의 노인들이었다.

"아미타불, 단주께선 무사하십니다."

활불이라 불리는 현 소림방장 현현 대사가 불호와 함께 합장을 했다.

"무량수불, 단주님을 이런 곳에서 뵙게 되다니 뭐라 할 말이 없습니다그려."

무당장문인 청허 진인이 도호와 함께 한숨을 내쉬었다. 청허 진인의 뒤를 이어 다른 사람들도 저마다 한마디씩 말을 건넸다.

정파의 명숙들이자 여의단의 중추인 그들의 등장에 려군은 긴장한 표정을 숨기지 못했다.

"현현 대사, 오랜만이오."

그들의 등장을 가만히 지켜보던 천마십로가 조용히 일어나 한마디 건넸다.

"……?"

적이라 생각했던 자가 아는 척을 하자 현현 대사는 인상을 찌푸리며 천마십로를 유심히 쳐다봤다. 그러다 점점 눈을 크게 치떴다.

"당신은 혈교의……."

"오랜만이오."

천마십로의 표정은 시종일관 담담하기만 했다.

현현 대사는 청허 진인 등이 질문을 하는데도 들리지 않는 사람처럼 고개를 좌우로 돌렸다. 그의 시선은 천마구로에 일일이 닿았다가 떼어졌다.

"아홉… 나머진 어찌 됐소?"

"당시에 우린 당신보다 젊었던 것 같은데?"

"그 열여덟 명이 모두 살아 있는 것이오?"

"모두."

"허허. 아미타불……."

현현 대사는 불호를 나직이 몇 번이고 읊조렸다.

소림사 장문인의 직전제자로서 강호의 사마외도들을 증오하던 그에게 첫 패배를 안겨주었던 열여덟 명의 청년.

풍기는 기도가 범상치 않았으나 전부 상대하겠다며 팔을 걷어붙였다가 한 명의 검에 맞고 치명적인 부상을 입어야 했다.

그때 있던 열여덟 명 중 한 명이 바로 천마십로였다.

가슴이 시큰거려 왔다.

"오랜만이구려, 시주. 저 청년이 그럼……."

"주군이신, 천마요."

"천마……."

현현 대사는 사마중경과 대등하게 겨루고 있는 용악을 보며 탄식을 발했다. 아무리 봐도 이십대를 넘어선 것 같지 않았다. 그런 청년을 천마십로가 주군이라 부르는데 조금도 주저하지 않았다.

"혈마는 운이 좋은 시주요."

제자를 잘 얻었다는 의미였다.

"나설 생각이오?"

천마십로의 질문과 동시에 나머지 천마팔로의 시선이 현현 대사를 향했다.

'이 정도였던가?'

아홉 명의 시선이 닿은 아홉 군데의 살갗에서 불이 나는 것 같았다. 무형의 기를 자유자재로 구사하는 고수들임을 뜻했다.

"무량수불, 현현 대사와 어떤 관계인지는 몰라도 상황을 봐가며 나서는 지혜가 필요한 때라는 것을 아셔야 할 게요."

침묵으로 일관하는 현현 대사가 답답했던지 청허 진인이 나섰다.

"상황이야 잘 알고 있지."

"알면서도 그리 말씀을 하신다는 겁니까?"

"아니까."

천마십로는 청허 진인이 말꼬리를 잡으려 하자 짧게 말을 끊었다.

"아미타불, 진인께선 잠시……."

현현 대사가 청허 진인을 만류하는 손짓을 했다.

청허 진인은 천마십로의 태도가 마음에 들지 않아 한 소리 쏘아붙이려다 현현 대사가 가로막자 입을 다물었다.

"이곳에서 벌어진 일과 혈교가 연관이 있소, 시주?"

"없소."

"대사님, 그 말씀을 믿으시면 안 됩니다. 저들은 자신들을 혈교의 무리라고 밝혔습니다."

청허 진인이 격앙된 목소리로 끼어들었다.

"무당파인가?"

천마십로가 언짢은 표정으로 청허 진인을 쳐다봤다.

"뭣이!"

"어허, 진인께선 일을 어렵게 만들지 마시오."

발끈하려는 청허 진인을 막아서며 현현 대사가 다시 나섰다.

"노납은 시주의 말을 믿겠소. 단주께서 싸움을 끝낼 때까지 우린 자리를 지키도록 합시다."

"대사님!"

이번엔 공동파의 장문인 종인묵이 나섰다.

"종 시주, 혹시 천마를 호위하는 열여덟 명의 고수에 대해 들어본 적 있습니까?"

"……?"

"그들은 천마삼검이란 패도적인 검법 하나를 평생 수련하며 천마의 명령에만 따르는 절세고수들입니다. 얼마 전 파천마궁이 황보세가를 공격했을 때 그들을 잠재웠던 고수들에 대해 보고를 받으셨지 않나요?"

"천마십팔로!"

종인묵의 안색이 해쓱해졌다.

황보세가에 있던 부하의 보고에 의하면 분명 그들이었다.

"노납이 이십대 때 첫 패배를 경험하게 해준 사람이 천마십팔로 중 한 명이었습니다. 그때는 전부 십대였던 걸로 기억하는데… 세월이 많이 지났구려."

"크흠……."

종인묵의 입을 통해 다른 사람들의 마음이 삐죽이 튀어나오고 말았다. 종인묵이 그들의 심정을 대변했기 때문이다.

더 이상 현현 대사의 말에 왈가왈부하는 사람은 십여 명 중 아무도 없었다.

'저자가 천마십팔로 중 한 명이구나. 혈교… 참으로 무서운 집단이로고.'

청허 진인은 하늘을 올려다보며 속으로 탄식했다.

천마십팔로 중 아홉 명 때문에 여의단원 삼백 명이 제자리에서 한 발자국도 움직이지 못하고 있었다. 이런 상황이 어떻게 가능한지 참담한 심정뿐이었다.

그때, 청허 진인 등의 시선을 잡아끄는 폭음이 터졌다.

쿠왕!

천마구로만 신경 쓰던 현현 대사 등의 시선이 일제히 돌아갔다. 그곳에는 공투와 적혼의 치열한 싸움이 벌어지고 있었다.

"저 둘은……."

"잿빛 무복을 입은 사람은 혈교의 십대마인 중 한 명인 시마이고, 다른 자는 여의단주를 공격한 자입니다."

현현 대사의 중얼거림에 청아한 목소리가 답을 했다.

상황 파악이 끝난 려군이 나선 것이다.

현현 대사는 려군을 보며 깜짝 놀랐다.

려군이 있었던 것은 알았지만 혈교의 인물이란 생각은 전혀 하지 못했기 때문이다.

"시마와 함께 십대마인에 속해 있는 백마제후예요."

활짝 웃으며 대답하는 려군의 얼굴에선 꾸며낸 기색이 전혀 보이지 않았다.

그때였다.

"아!"

려군이 갑자기 전신을 떨며 신음을 터뜨렸다. 이미 용악에게 주었던 힘이 되돌아올 때 일어났던 몸의 변화가 다시 온 것이다.

천마십로는 려군을 부축하는 한편, 용악과 사마중경이 떠 있은 허공을 바라보고는 급히 몸을 뒤쪽으로 날렸다.

"무슨……!"

현현 대사는 갑작스런 려군과 천마십로의 행동에 의아한 표정을 지었다가 눈을 크게 떴다.

전조.

살갗이 따갑고 불길한 기분이 엄습했다.

이런 느낌은 오직 한 가지의 경우 외엔 없었다.

"모두 피하시오!"

현현 대사는 이상한 느낌을 눈치챈 청허 진인이 다가오지 못하게 손을 들어 막고는 그대로 몸을 날렸다. 다른 사람도 아닌 현현 대사가 급박하게 움직이고 있었다. 이유는 나중에 물어봐도 되는 것이다.

퍼버벅!

공투의 전신은 멀쩡한 곳이 보이지 않을 정도로 엉망이 된 상태였다. 적혼의 단룡창 소수무의 조화로 옷은 벌써 해졌고 입으로는 연신 피를 흘리고 있었다.

'이놈은 그 계집의 명령을 듣고 있었다. 그렇다는 것은 그 계집이 더 세다는 뜻. 하아… 힘들다… 이번이 마지막이다.'

공투는 머릿속으로 어떤 공격을 해야 할지 정해놓지 않았다. 아니, 그런 것은 멀쩡할 때나 할 수 있는 일이었다.

"기가 막힌 놈……."

적혼은 공투의 근성에 질려 혀를 내둘렀다.

혈강시를 이용해 막기는 했어도 공투의 몸에 난 상처 정도라면 벌써 쓰러졌어야 정상이었다.

"이번엔 네 운이 아무리 좋아도 죽을 수밖에 없을 것이다."

적혼의 손이 투명해지며 빛을 뿜어냈다.

소수무를 펼칠 때면 일어나는 현상이었다.

"큭. 그건 이미 통하지 않는다고 했잖아……."

지친 공투의 목소리가 적혼의 신경을 또 건드렸다.

저런 소리를 할 때마다 적혼은 미친놈이라고 대답했으나 이 번엔 그렇게 하질 못했다. 정말로 막을지도 모른다는 생각을 한 까닭이다.

"소수무로 펼치는 단룡창까지 막아낸다면… 내 스스로 이 자리에서 혀 깨물고 죽겠다."

"후후. 너무 자신하지 말라고. 나도 뭔가 약속을 하게 만들 잖아. 좋다. 내가 그 공격을 막지 못하면 나도 이 자리에서 죽 어주지."

전력을 다해 펼친 공격을 막지 못하면 죽는 것은 당연한 말 이었다. 적혼은 공투의 농담에 차가운 조소로 답하며 입을 닫 았다.

적혼이 손을 기이한 각도로 휘며 회전하자 발아래에 소용돌 이가 일어나며 그의 몸을 뜨게 만들었다. 이내 소용돌이는 하 나의 기둥을 형성했고 그것이 춤을 추기 시작했다.

좌에서 우로, 우에서 좌로, 앞으로 기울었다가 뒤로 젖혀지 던 기둥. 그 안에서 번쩍거리며 빛이 나온 것은 찰나였다.

팟.

언제 날아올지 모르는 공격을 막기 위해서는 어떤 준비를 해야 할까?

공투는 적혼이 소용돌이 기둥을 만드는 동안 혼자서 엉뚱한 생각을 했다.

'제후가 준 힘이 아직 남아 있으려나? 아니지, 이렇게 힘이 없는 걸 보면 다 쓴 것 같다. 이젠 순전히 내 힘으로 막아야 하는데… 너희들은 할 줄 아는 재주가 없느냐? 주군께서 알려주신 천마십이수를 너희들이 모두 펼칠 수 있다면 저것 정도는 한 방에 끝낼 수도 있을 것 같지만… 불가능하겠지?'

공투는 자신의 생각을 부정하듯이 세차게 고개를 흔들고는 자세를 낮추었다. 그리고는 이를 악물며 양손에 힘을 모아 천마십이수를 준비했다.

그러자 열 구의 혈강시도 공투를 따라 하는 것이 아닌가?

'너희들… 뭐냐?'

공투는 자신을 따라 하는 혈강시 열 구를 보며 갑자기 툴툴 웃음을 흘렸다. 그렇게 하라는 생각을 한 적도, 명령을 내린 적도 없는데 혈강시들이 반란을 일으킨 것이다. 무척 즐거운 반란이 아닐 수 없었다.

물론 그것은 공투의 착각이었다. 그의 머릿속에서는 이미 혈강시들을 어떻게 활용할지 생각이 끝난 상태였고 그것을 지시한 후이기 때문이다.

번쩍!

'온다!'

적혼이 만들어낸 소용돌이 기둥 안에서 빛이 흘러나왔고 공투는 그 빛을 똑바로 응시하다 손을 들어 올렸다.

스물두 개의 손에서 빠져나온 기운은 곧 공투의 천마십이수를 감싸며 거대해졌다.

쾅!

소수무로 날린 단룡창과 스물두 개의 손이 합쳐졌다가 열두 개의 묵룡으로 변해 날아가는 공투의 천마십이수가 부딪친 것이다.

"어?"

공투는 전력을 다한 뒤라 손가락 꼼짝할 기운도 없었다. 그런 공투의 눈이 빠르게 옆으로 미끄러지고 있었다.

"강시들을 빨리 거두게."

늙수그레하지만 거역하기 힘든 천마십로의 목소리가 공투의 귀에 꽂혔다.

혈강시들은 굳이 사라지라고 명령할 것도 없었다.

공투가 자리에서 벗어났으니 혈강시들 역시 사라질 것이다.

"어딜 도망가느냐!"

적혼이 천마십로와 함께 사라지는 공투를 보고서 붉은 안광을 끔찍하게 뿜어내며 따라오려 했다.

"아, 아직 승부가 나질 않았……."

"자네가 죽으면 승부고 뭐고 없는 거야."

"예?"

공투는 천마십로의 손을 뿌리치기 위해 힘을 썼으나 천마십로는 꿈쩍도 하지 않고서 무서운 속도로 자리를 벗어났다.

공투의 눈에 적혼이 들어왔다. 지칠 대로 지친 적혼이 천마십로의 속도를 따라오지 못하고 붉은 안광만 연신 토해냈다.

"놔주십시오!"

"그럴 생각이었으면 말리지도 않았네."

공투가 다시 소리치려 할 때, 뒤쪽에서 쫓아오던 적혼의 눈을 볼 수 있었다. 그의 눈이 무엇을 봤는지 찢어질 듯 부릅떠지며 공포에 젖었다.

공투의 시선이 적혼의 눈을 쫓아갔다.

"……!"

공투는 믿을 수 없는 광경을 목격하고 전신의 힘을 한꺼번에 풀어버리고 말았다.

후아아앗!

용악과 사마중경이 싸우던 곳에서 시작됐을 거라 여겨지는 거대한 빛무리가 빠르게 퍼지고 있었다. 빛무리는 단지 빛만을 퍼뜨리고 있지 않았다. 피하지 않으면 죽을지도 모른다는 생각이 절로 들게 만드는 힘을 동반했다.

공투는 천마십로 덕분에 간발의 차로 그 빛으로부터 벗어나는 것이 가능했지만, 적혼은 곧 그 빛무리에 먹혀 이내 사라지고 말았다.

第七章

찢어진 천마수

천산마제

뚝. 뚝.

용악의 손에서 떨어진 핏방울이 바닥을 적셨다.

검왕의 천강을 받아내고 도왕의 무지막지한 묵도의 공세를 버텨냈던 천마수가 다시 일을 냈다. 사마중경의 뇌전의 압축된 힘, 뇌정이 실린 뇌전창을 막아낸 것이다.

용악은 자신의 손을 내려다보며 요동도 하지 않았다.

마지막 한 줌의 진기까지 모두 끌어낸 상태라 움직일 힘이 없었다.

천마수의 수영들이 사마중경의 뇌전에 꿰뚫리고, 천마벽을 천마인의 수법으로 바꾸어 시전한 공격 역시 뇌전창과 부딪치며 산산이 부서졌다.

그렇게 하고도 뇌전창은 멈출 줄 몰랐다.

용악은 날아오는 뇌전창을 향해 손을 뻗었다.

형태는 창이지만 뇌전창을 만들어내는 것은 강기의 응집체였다. 또한 그 창은 사마중경의 손을 떠나 있었다. 용악이 한 번도 보지 못한 형태의 힘. 그것은 이기어창이었다.

그것을 맨손으로 막은 것이다.

툭.

용악의 바싹 마른 입술이 갈라지며 손으로 피가 떨어졌고, 그 피는 다시 손에서 흐르는 피와 합쳐서 땅을 적시고 있었다.

"피… 다…….."

싸움은 이미 일각 전에 끝이 났다.

일각 만에 용악의 입이 처음으로 열린 것이다.

아무런 감정도 담기지 않은 담담한 목소리.

흐르는 피를 멈출 생각도 하지 않다가 그제야 생각났다는 듯 려군에게 손을 보여주었다.

려군은 숨이 턱, 막히는지 마른침을 몇 번이고 삼키고 나서야 천천히 다가가 용악의 손을 잡았다. 그리고는 눈꺼풀을 세 번이나 깜빡였을까? 잡았던 용악의 손을 놓으며 깜짝 놀란 눈이 되고 말았다.

"역시나 놀라는구나."

용악은 려군이 손을 놓고 깜짝 놀란 표정을 짓는 이유를 알고 있었다. 피곤한 얼굴에 웃음이 감돌았다.

"손이… 어찌 되신 건가요, 주군?"

"이것이 내 진짜 손이다."

'진짜 손?'

"아프다는 느낌… 참 오랜만에 느껴보는구나."

용악의 웃음은 서서히 얼굴 전체로 번져 갔다.

'십 년 만인가?'

탈각.

용악은 또 하나를 벗게 됐다.

십 년 전, 황산에서 황보소소와 만나 얻게 된 기벽의 깨달음 이후 처음이나 마찬가지였다.

사마중경이 뇌정보와 함께 뇌전창을 펼치며 한 걸음씩 다가 올 때의 압박감은 상상할 수 없이 두려웠다. 하나 그 압박감을 이겨냈다.

손이 뚫리고 피가 흐르지만, 찢어진 상처는 아물지 않고 고 스란히 흔적이 되어 남겠지만, 기분만큼은 세상을 다 얻은 것 처럼 좋았다.

"돌아가자."

용악은 숨을 길게 들이마시고는 몸을 돌렸다.

"주군, 치료부터 받으십시오."

공투가 기어코 참지 못하고 나섰다.

주군을 보호하지 못했다는 죄책감 때문에 통곡이라도 하고 싶은 그였다. 이대로 용악이 움직였다가 잘못되기라도 하는 날이면 그 역시 살 이유가 없기 때문이다.

"치료? 시마, 나는 이 느낌을 잊고 싶지 않구나. 내 손에서 피가 흐른다."

"모두 제 불찰입니다!'

"훗."

공투가 한쪽 무릎을 꿇고서 고개를 숙이자, 용악은 뭐가 그리 즐거운지 환한 미소와 함께 짧은 실소를 터뜨렸다.

"앞으로는 그 무엇도 내 손을 상하게 하지 못한다. 지금을 만끽하고 싶다. 내 손에서 피가 흐른다. 시마, 너는 이 느낌을 아느냐?"

"……."

손뿐만 아니라 전신에서 피를 흘려본 공투는 용악의 질문에 어떻게 대답해야 할지 몰라 눈만 깜빡거렸다.

용악은 웃음과 함께 돌아섰다.

공투는 이 의아한 상황을 알고 싶어 려군을 돌아봤지만, 려군 역시 얼이 빠진 사람 같기는 마찬가지였다.

"제후, 도대체 주군께 무슨 일이 일어난 거요?"

"……."

"제후!'

"…주군의 손에서는 아무것도 느낄 수 없었어요. 완전히 다른 분이 되신 것처럼……."

"완전히 다른 분?'

"예전엔 틀이 있었는데 지금은 그 틀이 사라진 것 같아요."

"주군께서 무슨 봉인이라도 푸셨단 말이오, 제후?"

"봉인… 그, 그래요, 봉인!'

려군은 눈을 빛내며 공투의 봉인이란 말을 반복했다.

*　　　*　　　*

"없습니다, 단주."

휴를 숨겨두었던 곳으로 보냈던 종인묵의 제자 구진모가 맨손으로 돌아왔다.

"없다고?"

사마중경은 휴를 숨겼던 곳을 돌아보는 것과 동시에 그곳을 향해 날아가고 있었다.

"허!"

많은 사람들이 현현 대사의 탄성을 듣고서야 사마중경이 사라진 것을 깨달았다.

"무량수불, 단주께서 천마를 살려둔 것은 큰 실수입니다. 그 악귀 같은 자를 어쩌자고 살려주셨던 건지⋯⋯."

청허 진인이 사마중경의 신법을 보고 크게 탄식하며 도호를 외웠다.

"아미타불, 진인의 아쉬움을 단주께서 모르실 리가 있겠습니까? 단주께서 손을 쓰지 않은 데엔 그만한 이유가 있을 겁니다."

"이유라니요? 대사께서도 천마의 상태를 보셨잖습니까? 겨우 서 있는 것이 고작인 상태였습니다."

"허⋯ 자신하십니까, 진인?"

"무엇을 말입니까?"

"천마가 손가락 하나 까딱할 기운도 없는 상태라는 것을 확신하느냐는 말씀입니다."

"……."

"천마입니다. 몇 세대가 지나도 사파의 주인인 자입니다. 단주께서 돌아섰던 이유가 있을 겝니다. 아미타불."

현현 대사의 대답에 할 말을 잃은 청허 진인은 화난 표정으로 입을 닫았다.

그때, 허공에서 사마중경이 내려섰다.

"이유? 무슨 이유를 말하는 것이오, 대사?"

"벌써 돌아오신 겁니까? 데려오신다는 자는……."

"나보다 먼저 누군가 데려간 모양이오."

사마중경은 아쉬운 표정을 숨기지 못했다.

"찾아보도록 하겠습니다."

"아니오. 내게 들키지 않을 정도로 은밀히 움직였다면 이미 이곳을 벗어났을 거요. 그나저나 아까 하던 말이 뭐요?"

"허허허. 진인과 제가 볼 때 천마의 상태가 좋지 않았는데 어째서 손을 거두셨는지에 대해 얘길 나누던 중이었습니다."

"누가 그러오, 천마의 상태가 안 좋다고?"

사마중경은 오히려 현현 대사와 청허 진인을 보며 되물었다.

"폭풍이 지나간 후 단주께선 자리에 똑바로 서 계셨으나 천마는 곧이라도 쓰러질 것처럼 비틀거렸잖습니까? 누가 봐도 천마의 상태가 안 좋다고밖에……."

"흠. 그렇게 보였을 수도 있긴 하겠군."

사마중경이 심드렁하게 고개를 끄덕였다.

그러나 현현 대사의 말에 수긍하는 눈치는 아니었다.

청허 진인이 도저히 못 참겠는지 한 발 앞으로 나오면 포권을 취했다.

"단주님, 그렇게 보였을 수도 있다는 말씀은 무엇입니까? 저와 대사가 잘못 보기라도 했다는 말씀이십니까?"

"진인, 왜 그리 화가 났소?"

"단주께서 대사와 제 말이 잘못됐다는 듯 반문하지 않으셨습니까?"

"그랬소."

"예?"

"천마와 싸운 당사자는 난데, 어째서 두 분이 나보다 천마의 상태에 대해 잘 아는지 궁금해서 물어본 것이오."

"그, 그게 무슨… 천마가 멀쩡하기라도 하다는 뜻입니까?"

"멀쩡하진 않았소."

"하면 어찌 손을 쓰지 않으셨습니까?"

"손을 쓰면 천마를 죽여야 할 텐데 그럴 자신이 없어서 그만두었소."

"그, 그럴 리가. 천마는 곧이라도 피를 토할 것 같은 모습이었는데……."

"피를 흘리긴 했소. 나의 뇌전창을 맨손으로 막아내고 한쪽 손이 뚫렸으니 말이오."

사마중경의 말에 현현 대사와 청허 진인뿐만 아니라 주위 사람들의 입이 쩍 벌어졌다. 뇌전창의 위력을 보거나 들었던 사람들로선 믿기 힘든 말이었기 때문이다.

"이것이 보이오?"

어리둥절해있는 원로들에게 사마중경은 자신의 앞섶을 가리켰다. 자세히 보지 않으면 알 수 없는 자국이 드러났다.

"천마, 그 친구의 천마인이란 수법에 당한 흔적이라오. 손을 이렇게… 만들더니 내 옷에 이런 흔적을 남겼지 뭐요?"

사마중경은 검지와 소지를 편 채 손을 앞으로 내밀었다. 용악이 천마인을 펼치던 그 자세였다. 하나 그 정도의 설명으로는 현현 대사와 청허 진인의 궁금증을 해소시키기엔 무리였다.

"천마의 안색이 안 좋긴 했지만 손을 거둔 데엔 다른 이유가 있소."

"……?"

'한 번 더 손을 썼다면 천마를 쓰러뜨릴 수 있었겠지만… 아니지, 마지막 그 기세를 보건데 쓰러뜨린다고 자신하긴 힘들었다.'

용악의 마지막 기세.

사마중경이 뇌전창을 거두지 않았다면 알 수 없는 거력이 뇌전창을 박살 낸 것에 그치지 않고 단숨에 사마중경에게까지 짓쳐들었을 것이다.

사마중경은 서늘한 기분이 머쓱해져서 가슴을 털어냈다. 너무 과하게 손을 쓴 것이 미안해 마지막 순간에 손을 거두려던 그의 생각을 용악은 한순간에 무색하게 만들었다.

'만약 밀어붙였다면 어찌 됐을까?'

사마중경은 더 생각을 이으려다 고개를 흔들었다.

결과를 봐야 수긍하는 그의 성격상 지금이 멈출 시기였다.

생각을 멈추고 눈을 뜨자, 원로들이 그의 대답을 기다리며 숨을 죽이고 있었다.

"험. 그 이유는… 현 강호에 그들을 상대할 수 있는 고수가 있어야 하기 때문이오."

"그들이라니요?"

"이곳에 무리들을 보내 나와 천마를 공격하게 한 자들이오. 천마가 아니라 그들이 바로 여의단의 적이오. 오십 년 전에 나, 여의단주 사마중경을 가지고 논 자들이기도 하오."

'오십 년 전?'

현현 대사가 눈을 빛냈다.

오십 년 전 사마중경에게 무슨 일이 있었는지를 유일하게 기억하는 사람이기 때문이다.

"오십 년 전… 아주 오래된 얘기요. 이젠 말할 수 있는 일이기도 하고."

말할 수 있는 일.

그동안은 적의 정체조차 알 수 없어 말할 수 없었지만 이제는 말할 수 있었다. 모를 때는 할 수 없던 일들이 이제는 할 수 있게 됐기 때문이다.

"돌아가서 자세한 얘기를 하겠소. 그동안 내가 왜 여의단에 자주 머물지 않았는지에 대해서 말이오. 또… 오십 년 전에 무슨 일이 있었는지에 대해…….."

사마중경은 말에 여운을 남기고는 신형을 돌려세웠다.

원로들은 많은 궁금함이 있었지만 참아야 했다.

                    *   *   *

"여의단주가 형산에 나타났었다지? 몇 년… 아니지, 여의단주를 봤다는 사람을 근 이십 년 가까이 본 적이 없는데 희한한 일이네?"

"천마와 붙었다며?"

"천마? 그 십인회 총단에서 도왕에게 얻어터졌다는?"

"그 소문은 나도 들었는데 신빙성이 없어. 도왕이 어떤 분인데 천마와 싸우고도 살려주시겠나?"

"십인회를 박살 냈다는 천마가 대단한 게 아니고?"

"그것도 도왕이 한 것 아니야? 사파는 믿을 수가 없어서……."

"그럼 천마와 붙은 게 아닌가?"

"형산 십동 일대가 완전히 쑥대밭이 됐다는 걸 보면 고수들이 붙은 건 확실한데… 여의단주야 워낙 고수로 소문이 자자했으니 그렇다 쳐도, 천마는 아직 젊다지?"

"사람도. 천마 정도 되면 나이가 무슨 상관이 있겠나? 혈교에서 쓸어모은 영약이며 기보들을 모두 쏟아부었을 텐데."

"그나저나 천마와 여의단주가 형산 십동엔 왜 갔대?"

"자네, 십천좌라고 아나?"

"오백 년 전 천마에 대해서라면 들은 풍월이 있지만 십천좌 는 잘 모르겠는데?"

"아, 왜 몰라! 십인회가 그 십천좌란 자의 무공을 하나씩 익힌 자들이라며? 그들이 여의단주와 천마를 공격했대나 봐."

"엥? 여의단주와 천마 둘이 싸우려고 간 게 아니고?"

"뭐라더라? 좌위? 그렇게 부르는 자들 수백 명이 한꺼번에 공격을 했다지? 하여간 소문이라 어디까지 믿어야 할지 모르 겠지만 여의단주든 천마든 대단한 사람들인 건 맞는 모양이 야."

"이야, 도대체 자네는 그런 얘길 어디서 듣나?"

"내가 장돌뱅이 아닌가? 소문이 들리면 직접 찾아가서 확인 도 하고, 적당히 거래를 통해서 정보도 얻기도 하고 그러지."

"역시! 아, 이래서 내가 술을 사는 게 안 아깝다니까! 우헤 헤. 어여 들게. 내 한잔 사겠네."

형산 십동 주위에는 거대한 공터가 생겼다. 그것은 용악과 사마중경, 그리고 좌위들의 싸움으로 인해 만들어진 것이다.

사람들의 의문은 세 가지였다.

몇십 년 동안 모습을 드러내지 않던 사마중경의 등장과 사파의 주인임을 천명한 천마의 등장, 마지막으로 사마중경과 천마를 공격한 자들의 정체.

강호인들의 궁금증은 빠르게 퍼져 나갔고 조금이라도 단서가 되는 것이 있으면 서로 나누기에 바빴다.

그러나 사람들의 반응과 전혀 다른 반응을 보이는 자들도 있었다. 사람들이 여의단이니, 천마니, 삼왕이니, 정파와 사파에 대해 열을 올릴 때, 침묵으로 일관하던 자들이었다.

"쯧쯧쯧. 이치를 몰라, 이치를."

"사마중경이니, 천마니, 삼왕이니… 쿠헤헤. 왜들 그렇게 꽁무니에 불붙은 것처럼 뛰어다니는 줄 알아?"

"이 몸은 알지. 그분들께서 곧 출도를 하시면 지네들 설 자리가 없어서 그런 것 아닌가?"

"옳지!"

구석에서 시작된 두 사람의 대화가 주루 전체로 퍼지는 것은 순식간이었다.

강호에 몸담은 자라면 사마중경, 천마, 삼왕이 어떤 고수들인지 모를 리가 없음에도 두 사람은 그들을 함부로 취급했다.

"어허, 젊은 양반들이 말을 그렇게 하나? 천마야 그렇다 쳐도 여의단주님이나 삼왕께서 당신들 친구야! 엉!"

평소 정파의 고수들을 흠모해 왔던 배불뚝이 중년인이 탁자를 세게 때리고는 두 사람에게 삿대질을 해댔다.

"당연히 아니지. 왜 우리가 그들과 친구를 해야 하는데?"

눈이 쫙 찢어져 보는 것만으로도 음흉함을 느끼게 해주는 인물이 배불뚝이 중년인을 같잖다는 눈으로 쳐다보고는 술잔에 술을 부었다.

"이것들이, 보자 보자 하니까!"

배불뚝이 중년인이 달려들며 두 사람의 멱살을 잡으려 했다.

우드득!

달려들던 배불뚝이 중년인의 손에서 난 소리였다.

"으아아악!"

팔뚝이 부러진 중년인은 비명을 지르며 그 자리에서 혼절하고 말았다.

"삼천좌께서 오실 날이 머지않았다."

찢어진 눈을 한 사내가 자리에서 일어나자 주루 안에는 정적이 흘렀고, 이내 두 사람은 바람처럼 사라졌다.

"삼천좌? 자네들 들어본 적이 있나?"

"그런 게 중요해? 일단 덕 가부터 옮겨!"

사람들은 그제야 정신을 차리고 부산스럽게 혼절한 배불뚝이 중년인을 치료하기 위해 어디론가 옮겨갔다.

삼천좌.

두 사내가 남긴 이름은 주루 안의 모든 사람에겐 잊을 수 없는 이름이 됐다.

이날 이후, 삼천좌란 이름은 강호 전역으로 빠르게 퍼져 나갔다. 아이들 사이에선 아이들끼리, 어른들이 모인 자리에선 삼천좌를 잊을 수 없게 만드는 기행과 함께.

*   *   *

감숙성은 선선한 바람이 분다 싶으면 겨울옷을 준비해야 한다. 청해성에 겨울이 오면 곧 감숙성 차례이기 때문이다. 비 오는 날은 그 차이가 특히 심하다.

쏴아아―

부쩍 서늘해진 어둠을 뚫고 비가 쏟아졌다.

십여 명의 무리가 비를 피하기 위해 사당으로 들어섰다. 그들의 몸에선 더운 김이 모락모락 피어났다.

"다들 잘했나?"

"잘하고 말고가 어디 있나. 그냥 우리가 누군지 알려주면 그만인 것을."

"자네 말투가 무척 고상해졌는데?"

"우리가 누구란 걸 알고서 다들 벌벌 기잖은가. 지금부터 버릇을 들여놔야지."

"흐흐흐."

음산한 웃음이 사방으로 쫙 깔려갔다.

"지랄들 하고 있네. 무공도 모르는 사람 몇 괴롭혔다고 뻐기기는."

십여 명의 웃음을 한꺼번에 날려 버리는 여인의 싸늘한 냉소가 사당 한쪽에서 들려왔다.

"누구냐!"

십여 명의 사내가 목소리가 들려온 곳을 돌아보며 살기를 드러냈다.

"누구긴. 너희들을 여기서 두 시진이나 기다린 분들이시지."

여인의 얼음장처럼 차가운 목소리와는 또 다른 싸늘한 사내의 음성이 십여 명의 무리를 꼼짝 못하게 만들었다.

"우릴 두 시진이나 기다렸다고?"

"사람들이 너희들을 보고 겁에 질리니 기분이 좋았던 모양이지? 그것 때문에 너희들의 운명이 결정된 것도 모르고……."

번개가 작렬하며 말을 하는 사내의 모습이 드러났다.

사십대 중반으로 보이는 수수한 차림의 사내였다.

십여 명은 동시에 웃었다. 자신들의 예상과 다른 사내의 행색에 놀랐던 마음을 추스른 까닭이다.

그러나 그것은 그들이 지을 수 있는 마지막 표정이었다. 그들의 표정을 읽은 사내가 검을 꺼내는 순간 사당 안에서 검광이 번뜩였다.

"만 선배, 빨리 처리해요. 죽영, 너는 나서지 말고."

여인이 모습을 드러냈다. 배꼽을 훤히 드러내고 상체는 민소매 차림으로 가리고, 하체는 움직이기 편한 바지를 입은 정검련의 부용이었다.

"부 교검, 뭘 그리 서두르나?"

만 선배라 불린 사내는 정검련에서 검성호와 목숨을 내걸고 싸우던 만우혼이었다.

"이런 것들에게 베풀 자비는 없다구요."

캉!

무리 중 한 명이 부용의 검을 막아냈다.

기를 다룰 줄 아는 자였다.

"어? 막아?"

부용은 의외라는 눈으로 검을 든 사내를 쳐다봤다.

"어디서 굴러온 계집인지 몰라도 우리가 누군 줄 알고 있기나 하느냐?"

사내가 부용을 살기 어린 눈으로 노려봤다.

부용이 손을 거두었다.

"만 선배, 쉬어요."

"알았다."

만우혼은 부용의 화난 목소리에 검을 집어넣고 한 발자국 뒤로 물러섰다. 부용의 성격을 잘 아는 그가 앞으로 벌어질 일을 모를 리가 없었다.

드드드—

사당 전체가 갑자기 흔들리기 시작했다.

"진짜 화가 난 모양이군."

"말씀드렸잖아요. 부용이 화가 나면 저도 어쩌지 못한다고요."

만우혼의 좌측 숲에서 냉정한 목소리가 들려왔다.

부용과 함께 다니는 죽영이었다.

"평상시에 어느 정도는 예상했지만……."

이번엔 만우흔의 우측 숲에서 정중한 목소리가 이어졌다. 만우흔과 화해한 검성호였다.

콰콰쾅!

붉은 기운이 퍼진다 싶더니 사당이 폭발을 일으키며 지붕을 토해냈다.

"별것도 아니면서……."

부용이 짜증스런 말과 함께 밖으로 걸어나왔다.

부용의 신경을 건드렸던 십여 명의 사내 중 살아남은 자들은 채 다섯이 되지 못했다.

"이, 이럴 수가… 너희들은 도대체 누구냐?"

한 팔을 잃은 사내가 부용 등을 노려봤다.

"우리? 부 교검의 자하신공을 봤으면 알 게 아닌가, 검끝 하나로 협을 지키는 사람들이다."

"검끝… 그렇다면 정검련?"

사내의 입에서 신음과 같은 말이 흘러나왔다.

"잘 아는구나. 내 개인적으로는 너희들에겐 고마움을 표하고 싶다. 너희들 덕분에 새로운 유섬극이 얼마나 강해졌는지 알게 됐거든."

만우흔의 말이 끝남과 동시에 사내들 중 살아남은 자는 아무도 없게 됐다. 만우흔이 어떻게 손을 썼는지 본 사람은 검성호가 유일했다.

"만 형, 멋진 곡이었습니다."

"살짝 암파도 섞었는데……."

"알지요."

"호 제의 솜씨도 곧 봐야 할 텐데 말이야."

만우혼은 정검련에서 검성호를 대할 때와 다른 목소리로 입을 열었다.

"모두 천산마제 덕분입니다."

"그렇지, 도저히 마제라는 별호가 어울리지 않던 사람이었지."

검성호와 만우혼은 용악이 정군산을 떠나기 전의 모습을 떠올리며 어울리지 않는 웃음을 지었다.

"흥. 연락 한 번 안 하는 사람이에요. 보고 싶어할 필요 없다구요."

"부용, 우린 그가 보고 싶다는 말 한 적 없어, 네가 그랬지."

"죽영! 내가 언제 그가 보고 싶다고 했어?"

"지금 그랬잖아. 가끔 산에서도 그랬고."

"…죽영."

"왜?"

"죽고 싶냐?"

"아니."

"근데 왜 그딴 식으로 말해!"

"다르게 말하는 법을 몰라서."

죽영이 일부러 약을 올리려고 한 것이 아님에도 두 사람의 대화는 부용의 폭발로 끝을 맺게 되어 있었다.

"으아아아아!"

부용의 자하신공이 주위를 후끈하게 달구며 죽영을 향해 날아갔다. 하나 죽영은 이 상황이 무척이나 익숙한지 어렵지 않게 광한신공을 일으켜 자하신공을 막아냈다.

쾅! 쾅! 쾅!

연속된 부용의 공격에 사당 주위만 피폐해져 갔다.

"역시 죽 교검이군."

부용과 죽영의 싸움을 보며 검성호는 흐뭇하게 웃었다.

"역시? 그게 무슨 말인가, 호 제?"

"저 둘의 싸움으로 적들의 이목을 흐릴 수 있잖습니까. 죽교검이 일부러 부 교검을 자극한 이유가 있는 겁니다."

"아하!"

만우흔이 탄성과 함께 고개를 끄덕였다.

평소 죽영의 모습을 보면 검성호의 말은 충분한 설득력을 가지고 있었다.

만우흔과 검성호는 한동안 계속되는 부용과 죽영의 공방전을 지켜보다 어쩔 수 없이 말려야 하는 상황까지 가야 했다.

"자자, 이놈들 때문에 늦어졌으니 황산까지 가는 걸음을 빨리하세."

검성호의 말 때문인지 죽영에게 죽일 듯이 달려들던 부용이 거짓말처럼 손을 멈췄다.

"가봐야 거기엔 없다니까요."

부용은 입술을 삐죽이면서도 떠날 채비를 갖추었다.

그 모습에 만우흔이 신기한 눈으로 부용을 쳐다봤다.

"왜요!"

부용의 뾰족한 외침이 이번엔 만우흔에게로 향했다.

만우흔은 재빨리 검성호에게 고개를 돌리고는 먼저 떠나겠다며 신형을 날렸다.

*　　　*　　　*

저녁 무렵, 초입에서 올려다보는 황산은 몽글거리는 감상에 젖게 만든다. 뿌옇게 번져 가는 구름과 그 구름을 발판 삼아 뛰노는 노을이 괜스레 심장을 뛰게 만드는 까닭이다.

"제길……"

목노의 입에서 듣기 좋은 푸념이 흘러나왔다.

뚱노가 그런 목노를 돌아봤다가 다시 하늘을 올려다봤다. 뚱노 역시 목노와 같은 감상에 빠진 상태였다.

황산의 노을은 그리울 기억이라곤 없을 것 같은 두 사람도 애잔히 젖게 만들었다.

용악의 명령으로 황산을 지킨 지 꽤나 오래된 탓에 어느새 황산과 정이 들어버린 것이다.

매일 바뀌는 잠자리에 익숙해진 부하들 역시 이 시간이 되면 넋을 놓고 하늘을 보는 것이 일과처럼 됐다.

사림이종은 그들로서는 상상도 할 수 없는 무위를 지닌 고수들이었다. 그런 고수들이 하루에 한 번씩 그들에게 무공을 알려주었다.

그것만 해도 감지덕지하고 있는데 혈교에 대해서 설명까지 해주었다. 시키는 대로 하기만 하면 되었던 파천마궁도의 생활과는 천지 차이라고 해도 과언이 아닌 시간을 보내고 있는 것이다.

당연히 사림이종의 일거수일투족은 그들의 지표가 되었다. 지금도 사림이종이 이 시간만 되면 하늘을 보고 가만히 있으니 따라 할 뿐이었다.

그러나 그 행동이 하루 이틀 반복되자 그들에게도 하늘을 보는 것이 얼마나 소중한지 깨닫게 됐다.

까로롱.

"……!"

사림이종이 있는 곳에서 몇십 리 떨어진 곳에서 누군가 접근한다는 신호를 보내왔다.

목노가 먼저 소리를 들었고 곧바로 그곳을 향해 움직였다. 그 뒤를 뚱노가 무서운 속도로 따라붙었다.

"참으로 멋진 노을이로구나."

노인은 금빛에서 붉은색까지 다채로운 황산의 노을을 감상했다. 멀리서 보면 무척이나 느리게 걷는 것 같지만 실제로는 노인의 무릎은 한 번도 굽어지지 않았다.

"염제, 장제가 황보세가에 있는 것이 분명한가?"

"도왕께서도 함께 듣지 않으셨습니까?"

"허허허. 그랬던가? 염제는 장제를 본 적이……."

"십 년 전인가 잠시 얼굴만 뵙고 인사드린 적이 있습니다. 장제께선 제가 염제로 불린 시기보다 이십 년 먼저 오악무제에 올랐던 분이십니다."

"그렇던가? 나야 그때는 강호의 소소한 일에 대해선 신경도 쓰지 않던 때니……."

도왕은 슬며시 말을 흐렸다.

장제의 명성은 이미 몇십 년 전부터 전 강호에 파다하게 퍼져 있었다. 한데 장제에 대해 전혀 몰랐다는 식의 대답에 염제의 눈빛이 가라앉았다.

'혹시 도왕께선 그자를 알고 있었던 것 아닐까?'

염제는 도왕과 이곳으로 와야 할 이유가 전혀 없었다. 헤어지려는 길목에서 식사라도 하고 가라는 도왕의 권유에 흔쾌히 따라갔고, 그곳에서 한 사람을 만났다.

그는 말끔한 차림에 상투를 튼 고상해 보이는 노인으로, 주루의 주인이라고 했다. 그는 두 사람을 모실 수 있는 영광을 달라고 했고, 결국 합석하게 됐다.

평소 도왕의 성격을 잘 아는 염제로선 노인이 걱정스러워 어떻게든 보호해 주려 했으나, 합석한 지 일각도 안 돼서 도왕과 노인은 금방 친해졌다.

그가 전해준 것이 바로 황산에 대한 얘기였다.

천마란 자가 갑자기 나타나 강호가 엉망이라는 등, 도왕과 염제 같은 고수들이 나서서 혼란해진 강호를 평정해야 한다는 둥. 염제조차 낯이 뜨거워져 듣기 민망한 얘기들이 노인의 입에서 쉴 새 없이 쏟아져 나왔다.

그 얘길 듣고 나자마자 도왕은 염제에게 장제를 만나보자고 했다. 염제로선 굳이 거절할 이유는 없기에 그러자고 했으나, 지금 생각해 보면 딱히 동행할 이유도 없었다.

'주루 주인은 먼 길이라며 돈주머니까지 줬다. 마치 도왕께서 황산으로 갈 것을 알기라도 한 것 같이······.'

염제는 불편한 생각을 떨치기 힘들었다. 이런 경우는 반드시라고 해도 좋을 정도로 안 좋은 일이 생겼다.

"염제, 왜 그리 표정이 딱딱한가? 저길 보게. 저 장엄한 광경을 보고 느끼는 바가 없나?"

도왕이 손을 들어 황산을 가리키며 웃었다.

염제는 이내 자신의 생각을 털어버리고 황산의 장엄함에 빠져들었다.

'단순한 자······.'

도왕은 염제의 저런 단순한 점이 마음에 들었으나 한편으로는 황산에 가서 장제를 봤을 때가 걱정되기도 했다. 하지만 장제에게 있는 말 없는 말 하는 것보다 일단 염제를 거느린다는 것이 더 큰 장점이기에 넘어가기로 한 것이다.

그때, 염제가 앞쪽을 보며 표정을 굳혔다.

"앞쪽에서 마기가 느껴집니다, 도왕."

"나도 느끼고 있었네."

"처리할까요?"

"허허허. 무에 그리 급하오? 그러다 다 도망가면 왜 이곳에 있는지 알 도리가 없지 않소?"

"그렇군요."

도왕의 한마디에 염제는 곧바로 수긍했다.

도왕은 순간적으로 이런 사람이 어떻게 축융이화창과 같은 패도무공을 대성했는지 이해하기 힘들었다. 하나 오히려 단순한 사람이기에 한 우물을 팠을 수도 있다는 생각에 고개를 끄덕였다.

"하하하."

염제는 도왕이 고개를 끄덕이자 기분이 좋아져 너털웃음을 터뜨렸다.

두 사람은 주위에서 빠르게 움직이는 인기척을 무시하며 빠르게 황산 입구로 이동했다.

"멈추시오!"

도왕과 염제는 대놓고 마기를 흘리는 두 명의 노인을 보고 걸음을 멈추었다. 두 사람을 에워싼 인원은 백 명은 족히 되어 보였다.

"너희들은 누구냐?"

염제가 사림이종을 향해 물었다.

감히 도왕과 염제가 가는 길을 막는 그들의 정체가 궁금했기 때문이다.

"염제시… 오?"

목노는 도왕과 염제를 보는 순간 단번에 정체를 파악한 상태였다. 애써 태연한 척하고 싶어도 목젖의 떨림은 숨길 수 없었다.

"먼저 너희들이 누구인지부터 밝히는 것이 좋아."

정파 쪽 사람들에게도 타협하지 않는 염제에게 사림이종의 질문이 통할 리 없었다.

목노는 염제의 눈을 보며 다시 한 번 마른침을 삼켜야 했다. 곧이라도 폭발할 것 같은 눈은 뭐라도 말을 하게 만들었다.

"우리는 사림의 두 종이오."

"사림?"

염제는 어디선가 들어본 이름이란 표정으로 눈동자를 위로 떴다.

"혈교라고 하면 정확할 것이오."

"…뭐? 지금 뭐라고 했느냐?"

염제의 전신에서 살기가 순식간에 일어났다.

"허허. 염제, 잠시 진정하게."

도왕은 염제가 손을 쓰는 순간 사림이종은 죽은 목숨이란 것을 알기에 손을 들어 제지시키고는 한 걸음 앞으로 나섰다.

"혈교라면 천마도 이곳에 있나?"

도왕은 속을 전혀 드러내지 않으며 물었다.

"천마께선 우리 둘에게 이곳을 지키라 하셨소."

"음?"

도왕은 의외의 대답에 놀란 눈이 됐다.

천마가 이곳을 지키라고 했다?

당연히 한순간 멍해질 수밖에 없는 대답이었다.

"저 위에 장제가 있는 데도?"

"장제께서도 이미 알고 계시오."

"흐음……."

도왕은 자신의 예상과는 전혀 다른 상황에 심각한 표정을 지었다.

"두 분이 무슨 일로 황산에 왔는지 알려주시면……."

"개소리."

염제가 목노의 말을 끊으며 단호한 표정을 지었다.

"그런 소릴 늘어놓는다고 해서 내가 너희들이 도망갈 수 있도록 해줄 것 같으냐?"

"……."

목노는 뭔가 어긋난 염제의 반응에 곧바로 대답하지 못하고 침묵한 채 가만히 있었다. 뭐라고 반박을 해야 했지만 워낙 염제의 반응이 강경했던 것이다.

"염제, 이들은 이미 나와 염제에 대해 알고 있는 모양일세. 도망가려고 했다면 벌써 그렇게 했겠지."

"그렇지 않습니다. 이놈들은 지금 도왕과 나를 따돌리려 하는 겁니다. 당장 목을 꺾어버리고 올라가 봐야겠습니다."

"염제."

"이 쳐죽일 사파 놈들."

급기야 염제의 전신에서 살기가 강해졌다.

"천마가 황보세가와 연관이 있다더니 사실인 모양이군. 부하들까지 이곳에 배치한 것을 보면 말이야."

도왕은 염제를 만류하는 방법을 달리했다.

그러자 살기를 일으키던 염제의 표정이 기이하게 변했다.

"처, 천마와 황보세가가 연관이 있단 말입니까?"

"그렇게 들었네."

"화, 황보세가엔 장제가 있습니다, 도왕."

염제의 목소리가 잔뜩 흥분됐다.

"그래서 오자고 했던 걸세. 도대체 장제는 무슨 생각으로 천마와 손을 잡았는지 궁금해서."

도왕은 마지막 말을 하며 목노를 쳐다봤다.

목노의 머릿속을 들여다보는 것 같은 도왕의 눈이 예리하게 파고들었다.

목노는 할 말을 잇지 못하고 멍하니 있었다.

한마디 말로 천마와 장제를 한편으로 엮어버려서 염제에겐 분노를 심어주고, 사림이종은 꼼짝도 못하게 만들어 버린 화술에 놀란 탓이다.

"올라가 보면 알겠지. 막을 텐가?"

도왕의 질문 아닌 질문에 목노와 뚱노는 동시에 길을 열었다. 막는 순간 염제에 의해 재가 될 상황이기 때문이었다.

미끄러지듯이 산을 올라가는 도왕과 염제를 보며 그제야 사림이종은 숨을 내쉬었다. 두 사람과 마주하고 있는 동안 숨을 쉬었는지조차 까먹은 것이다.

"어째서 별다른 말이 없는 거지?"

목노는 황보세가에 도왕과 염제가 올라갔음을 기별한 지 반 시진이 지나도 답이 없자 안절부절못했다.

"답이 없는 걸 보면 장제께서 잘하고 계신 거다."

뚱노가 짧게 입을 열었다.

"그럴까? 주인님께 연락을 드려야 하지 않을까?"

"뭐라고?"

"그야… 일단 그래야 하지 않나?"

"도왕이 이상한 늙은이임은 분명하지만 우리 때문에 황보 세가에 해를 가할 정도로 미친 자는 아니다."

"그렇겠지? 도왕과 염제라니… 나는 수명이 반으로 단축된 것 같다."

"좋겠다."

뚱노는 그 말을 끝으로 더 이상 입을 열지 않았다.

분명히 농담인데 웃을 수 없는 기이한 분위기가 되고 말았 다.

"드릴 말씀이 있습니다."

조용히 다가와 입을 연 자는 도왕과 염제가 다가오는 것을 알려준 청년이었다.

불길한 예감에 목노는 아닐 거라는 생각으로 고개를 가로저 었다. 그러자 청년은 잠시 머뭇거리다 체념한 표정으로 고개 를 끄덕였다.

"마, 맞습니다. 지금 네 명이 이곳으로 오고 있다는 연락입니다."

목노의 표정이 짜증스럽게 변했다.

네 명이 모습을 드러낸 것은 이각도 지나지 않아서였다. 여자 한 명에 남자 셋으로 구성된 네 명은 신법을 펼쳐 날아오고 있었다.

第八章

누구를 찾아왔다고?

천산마제

"오랜만입니다."

헌원경은 황보세가 정문으로 들어서는 도왕과 염제를 맞이했다. 두 사람과는 특별히 인연이라고 할 만한 일을 만든 기억이 없기에 반가워할 일도, 그렇다고 대면대면 대하기도 뭣했다.

"여전히 정정하시군요."

염제가 포권을 취하며 마주 인사를 건넸다.

"꽤나 오랜 세월 강호에서 살았는데 이제야 장제를 뵙게 됐소. 도왕이오."

도왕은 염제와 달리 가볍게 포권을 취한 후 손을 풀었다. 삼왕이 오악무제보다 위에 있음을 은근히 드러낸 행동이었다.

"황보세가의 가주 황보성입니다. 삼왕 중 한 분이신 도왕과 할아버님과 나란히 오악무제에 올라 계신 염제를 뵙게 되어 영광입니다. 안으로 드시지요."

도왕과 염제에게 깍듯하게 예의를 차린 황보성이 안쪽을 가리켰다.

"할아버지?"

도왕이 헌원경과 황보성의 관계를 묻듯이 바라봤다.

"외할아버님이십니다."

"아… 그러셨군요. 그래서……."

도왕은 뒷말을 흐리며 고개만 끄덕였다.

장제가 왜 황보세가에 머무는지 그제야 이유를 알았다는 뜻이 포함되어 있었다.

헌원경은 도왕의 행동을 전혀 개의치 않고 먼저 몸을 돌렸다. 나름 도왕이 마음에 들지 않는다는 표시였다. 황보성은 도왕과 염제를 안내하며 걸었지만 허리를 굽히거나 하진 않았다.

"자네, 무공을 모르나?"

도왕은 황보성이 옆으로 다가왔을 때 깜짝 놀랐다.

아무런 기운도 느껴지지 않았기 때문이다.

곧 무공을 익히지 않았다는 것을 알고서 다시 한 번 놀란 눈이 됐다.

"도왕, 황보 가주는 한 세가를 책임지고 있는 사람이오. 자네란 말은 조금 심한 것 같구려."

언제 돌아섰는지 헌원경이 인상을 쓰고 있었다.

"허허허. 내 실언을… 황보 가주가 무공을 익히지 않은 것이 이상해 그리 나온 모양이오."

"황보 가주는 어릴 때 병치레를 심하게 해서 무공을 익히지 못하는 몸이 됐소."

"장제께서도 치료하지 못할 정도였단 말이오?"

헌원경은 일순 말문이 막혔다.

어릴 때 왔다면 그랬을 리가 없었다.

지금도 회한이 되어 남아 있는 부분인데 도왕이 그것을 건드린 것이다.

"…내내 미안해하는 부분이오."

헌원경은 굳어진 얼굴로 다시 안채로 몸을 돌렸다.

"그나저나 황보세가의 위용이 참으로 대단합니다."

염제가 분위기를 바꿔볼 요량으로 주위를 둘러보며 탄성을 연발했다.

"좋은 지우를 둬서 그렇소. 신의 손이라 불리는 신공장, 저 친구 덕분에 다들 보기는 좋다고 하더이다."

헌원경이 함께 움직이는 두 사람을 돌아봤다.

신공장이 멋쩍은 웃음을 지었으나 거기엔 자신이 신공장임을 알리기 위한 것도 담겨 있었다.

"신수… 그럼 돈오삼검이십니까?"

염제는 신공장이 아닌 옆에서 나란히 움직이는 돈오를 보며 놀란 눈이 됐다.

"돈오, 뭐 해?"

신공장이 머쓱해져서 돈오의 옆구리를 때렸다.

돈오는 무표정한 얼굴로 염제를 보고는 가볍게 포권을 취했다. 도왕 때문에 염제도 안 좋은 인상이 박힌 까닭이다.

"돈오 선배의 돈오삼검에 대한 소문은 익히 들어 알고 있습니다."

염제는 돈오의 행동에 대해 전혀 개의치 않고 진심을 담아 입을 열었다.

"돈오에 대해 무슨 소문을 들었는지 모르지만 대부분 부풀려진 것이니 너무 믿지는 마시구랴."

신공장은 염제가 돈오에게 눈을 떼지 못하자 심술이 나서 한마디 툭 던지고는 발걸음을 재촉했다.

*   *   *

부용은 황산 입구로 들어서자마자 인상을 썼다.

자하신공의 대성을 눈앞에 두고 있는 그녀에게 마기를 숨긴다고 해도 들키지 않을 리 없었다.

"나와. 숨어 있다고 해서 그냥 지나칠 거라 생각하면 큰일 난다."

부용이 말을 마치고 염화금추를 꺼내 들며 한쪽에 대고 경고했다.

"안 그래도 나설 작정이었소."

사림이종이 부용 앞에 모습을 드러냈다.

"나오면?"

부용의 아름다운 얼굴에 비웃음이 담겼다.

"황산에 오르려는 이유를 물어야겠소."

"왜, 황보세가를 쳐야 하는데 우리가 방해될까 봐?"

부용은 내심을 숨기지 않고 말했다. 하나 이쯤 말했으면 당황해서 화를 내거나 공격 명령을 내려야 하건만 사림이종은 조금의 표정 변화도 없었다.

"황보세가로 가는 길이오?"

"그렇다면?"

"가시오."

"……."

부용은 목노의 짧은 대답에 잠시 멍해지고 말았다.

허를 찔린 듯 부용이 말을 잇지 못한 것이다.

"마치 황보세가의 가신들이나 할 말을 하고 있군."

죽영이 냉정한 목소리로 핵심을 물었다.

그러자 목노의 표정이 처음으로 변했다.

황보세가의 가신은 아니지만 지금 하고 있는 임무는 가신들이 해야 할 일이 옳기 때문이다.

'저런 표정은 뭐지? 당황하는 것은 맞는데, 공격당한 표정은 아니다.'

망설이는 목노의 모습에 죽영은 어지러운 표정을 지었다. 그만큼 목노의 반응이 일반적이지 않은 까닭이다.

"황보세가에 해를 끼칠 사람들은 아닌 듯하니 그냥 보내주겠소."

"뭐?"

부용이 놀란 목소리로 되물었다.

"보내주겠다고 했소."

"왜?"

"당신들은 정파의 인물들이 아니오?"

"우리가 정파인 것은 맞지만……."

"그럼 올라가시오."

목노는 더 이상 왈가왈부하기 싫다는 투로 짧게 말하고는 부하들을 물리는 시늉과 함께 사라지려 했다.

"잠깐."

죽영이 목노를 불렀다.

"어째서 사파의 인물들이 이곳을 지키고 있는 거지?"

"주인님의 명령 때문이다."

"주인님?"

"그렇게만 알고 올라가라. 그리고 정파, 사파를 떠나 내가 너희들보다 배는 살았을 것이다. 함부로 반말하지 마라."

목노는 그 말을 끝으로 사라졌다.

"지, 지금 저자가 우리에게 훈계한 거냐, 죽영?"

"그런 것 같다."

"어디서 사파 따위가……."

"그의 말이 틀리진 않았다. 싸울 생각이 없는 그들에게 싸움

을 건 쪽은 우리니까. 안 그렇습니까, 선배들?'

죽영이 지금껏 침묵하고 있는 검성호와 만우혼에게 물었다.
부용의 난동을 미연에 방지할 목적이 다분히 담겨 있는 질문
이었다.

"굳이 힘 뺄 이유는 없겠지."

검성호가 짤막하게 대답했다.

부용은 뭔가 석연찮은 불편함에 씩씩댔으나 이내 염화금추
를 허리에 차고 황산을 향해 돌아섰다.

'저곳에 과연 천산마제, 그가 있을까?'

죽영은 황산을 올려다보며 잠시 생각에 잠겼다.

용악이 정군산을 떠나기 전에 준 도움으로 네 사람의 무공
은 크게 진척이 된 상태였다. 하나 죽영의 입장에선 결코 좋지
만은 않았다.

'연적을 또 봐야 하는 내 심정을 조금이라도 이해해 주면 안
되겠냐, 부용?'

죽영은 이내 씁쓸한 웃음을 짓고서 부용의 뒤를 쫓아갔다.
부용의 마음을 잡았다고 여기는 순간, 사건이 터지기 시작했
다.

강호행이 결정 났을 때도 죽영은 부용의 심경이 이 정도까
지 변할 줄은 상상도 하지 못했다. 정군산에서는 몰랐던, 아니,
잊고 있었던 천산마제의 존재감이 새삼 죽영을 아프게 만들었
다.

부용 등은 황보세가 입구로 들어서며 발걸음을 멈칫했다. 앞을 가로막는 거대한 산이 다가오는 착각 때문이었다.

"오늘 저녁은 손님이 많이 오는군."

도왕과 함께 앉아 있어야 했던 자리를 벗어나게 해준 것이 좋은 인상으로 작용한 모양이다. 헌원경의 입에서 편안한 말이 나왔다.

"정군산에서 온 죽 교검이라 합니다. 함께 온 교검들은……."

죽영은 정중하게 포권을 취하며 부용 등을 소개하다 기이한 느낌에 헌원경을 쳐다봤다. 마침 헌원경도 죽영을 보고 있었다. 두 사람의 시선이 마주친 순간, 죽영은 순간적으로 전신이 발가벗겨진 기분을 느껴야 했다.

'손을 대지 않고도 몸을 살필 수 있는 경지라니…….'

죽영은 헌원경의 정체를 모르기에 긴장한 표정이 됐고, 애써 눈동자의 떨림을 들키지 않도록 심호흡을 가다듬었다.

"좋군."

"예?"

"자네들의 기운이 마음에 든다고 했네. 정군산이면 검왕의 제자들이신가?"

헌원경의 말투가 바뀌었다.

검왕의 제자들이라면 헌원경도 그 정도의 대접은 해줘도 괜찮았다.

"아직 제자라 불리기엔 많이 모자랍니다."

죽영은 진심을 담아 대답했다.

지닌 능력에 비해 과한 겸손이라 여길 수도 있었으나 헌원경은 죽영의 말속에 조금의 가식도 섞이지 않았음을 알고서 웃을 수 있었다.

"검왕께선 무고하신가?"

"정군산 정상이 조금씩 낮아지고 있습니다."

"음?"

"매일 새벽 검왕께서 검을 수련하시느라…….."

"하! 여전히 매일 새벽 수련을? 허허, 허허허."

헌원경은 죽영의 말이 끝나기도 전에 탄성부터 터뜨렸다. 검왕은 이미 초절정고수에 올랐다. 그런 사람이 하루도 거르지 않고 수련에 임하고 있다는 말은 충격에 가까웠던 것이다.

"젊은 시절, 아주 잠깐 검왕을 뵌 적이 있네. 말씀이 적으시고 움직임이 무척이나 평범하셨지. 그분이 검왕이라고 알려주지 않았다면 나는 평생 검왕을 뵙지 못했다고 여겼을 것이네."

헌원경의 목소리는 어느새 훈훈해져 있었다.

죽영은 헌원경의 정체를 몰랐으나, 말투만으로도 보통 신분은 아닐 거라 예상하고도 남았다.

"정검련의 부 교검입니다. 저희가 황보세가를 찾은 이유를 지금 말씀드리면 되는지요?"

부용이 쩔쩔매는 죽영 대신 말을 돌려 헌원경의 신분을 물었다. 그러자 이곳에 있었는지도 모를 평범한 청년이 앞으로 나서며 포권을 취했다.

"할아버님께서 네 분이 무척이나 마음에 드신 모양입니다.

황보세가주 황보성이라고 합니다. 제게 들려주실 말씀은 안에서 경청하도록 하겠습니다."

황보성은 죽영과 부용을 번갈아 바라보며 안으로 들길 청했다.

"예? 아… 황보세가주… 셨군요."

부용이 당황한 목소리로 눈을 껌뻑거렸다.

"하하하. 다들 처음엔 부 교검과 같은 반응을 보이십니다. 아! 지금 안채에 먼저 온 손님들이 계십니다. 오늘처럼 경사스러운 날이 다 있군요. 삼왕 중 한 분이신 도왕께서 염제와 함께 와 계십니다."

"도, 도왕! 염제!"

죽영이 난감한 표정으로 외쳤다.

대전으로 들어서던 부용은 훌륭한 외양과 멋스런 내부 장식에 반해 대전 안을 두리번거렸다.

'……!'

두 번째 문이 열리려 할 때 부용은 자신도 모르게 염화금추에 손을 대며 긴장한 표정이 됐다. 문 안에서 느껴지는 기운이 예사롭지 않았다.

"말했잖은가, 도왕과 염제께서 와 있다고."

헌원경이 부용을 긴장시킨 기운을 막아주며 말을 건넸다.

"아! 감사합니다."

부용은 헌원경의 호의에 감사를 표하고는 바로 뒤에 있던 죽영을 앞으로 끌어당겼다.

"이럴 때만……."

"아까도 네가 먼저 나섰잖아."

부용은 입술을 삐쭉거리고는 죽영의 등을 다시 밀었다. 그 뒤로 만우혼과 검성호가 함께 들어갔다.

방 안에는 꽤 많은 인원이 모여 있었다.

도왕과 염제가 상석의 자리에 앉았고, 제갈기를 비롯해 십일대 세가의 소가주 네 명과 신공장, 돈오 등이 차례로 자리했다.

도왕은 자신을 자리에 두고 손님을 맞이하러 나간 헌원경과 황보성이 들어오는 데도 돌아보지 않았다.

"정군산에서 온 교검들이 도왕을 뵙습니다."

죽영이 대표로 도왕에게 포권을 취했다.

눈이라도 마주쳐야 자연스러웠을 텐데 어색함을 없애기 위해 건넨 인사였다.

"정군산?"

도왕은 이채를 발하며 죽영을 쳐다봤다.

뭔가 말이 이어지길 바라는 눈이었으나 죽영은 억지로 말을 참았다. 아무리 도왕이라도 강호의 예란 것이 있는데, 마치 이 자리의 주인이 자신인 것처럼 대하는 모습에 부아가 치민 것이다.

"황보 가주님, 우리도 앉을 자리가 있나요?"

역시나 부용이 참지 못하고 한마디 건넸다.

"물론입니다. 이쪽으로 앉으시지요."

황보성은 네 사람을 신공장, 돈오를 마주 보도록 앉혔다. 죽영은 앉으며 그들 둘에게도 포권을 취해 먼저 인사를 건넸다.

"반가우이. 정군산은 참으로 멋진 곳이군그래."

"예?"

신공장의 말을 이해하지 못한 죽영이 되물었다.

"검왕께서 정군산에서 나오시지 않은 이유를 알 것 같아 그러네."

"……."

역시나 죽영으로선 이해하지 못할 말이었다.

"아직 발끝도 못 미치는 실력입니다."

검성호가 낮지만 당당함을 담아 대답했다.

"겸손까지. 이봐, 돈오, 참 멋진 제자들 아닌가? 자넨 저런 제자들을 키워보고 싶지 않나?"

신공장이 흡족한 표정으로 돈오를 돌아봤다.

돈오는 검성호 등 네 사람을 죽 둘러보고는 입을 열었다.

"그래."

무표정한 돈오의 얼굴에서 나온 무시무시할 정도의 짧은 대답이었으나, 검성호 등은 돈오의 말뜻을 충분히 이해할 수 있었다.

"도왕께선 하실 말씀이라도 있으십니까?"

염제가 도왕의 표정이 좋지 않은 것을 보고 대신 나서서 이목을 집중시켜 주었다.

"자네들은 이곳에 무슨 일로 왔는가?"

도왕은 중간 과정이 다 걷혀지자 자신의 얘기가 아닌 죽영 등의 목적부터 물었다.

"저를 만나러 왔다고 합니다."

황보성은 도왕의 질문이 잘못됐음을 느끼고 죽영이 대답하기 전에 말을 잘랐다. 물론 최대한 도왕의 기분을 상하지 않게 하기 위해 웃음은 잃지 않았다.

"자네를?"

도왕은 조금 전에 헌원경이 지적했던 황보성에 대한 호칭을 또다시 사용했다.

황보성은 재빨리 헌원경의 안색을 살폈다.

헌원경의 안색은 곧이라도 폭발할 것처럼 딱딱하게 굳어 있었다.

"황보세가를 방문하신 분들이 저를 만날 이유가 아니면 오실 리가 없을 거라 생각했습니다. 이유는 제가 나중에 따로 들어보지요. 그전에, 도왕께선 무슨 일로 본 세가를 방문하셨습니까?"

황보성이 웃으며 말을 마치자, 방 안의 공기가 싸늘해졌다. 이런 상황에서 화를 낼 정도로 도왕은 어리석지 않았다.

"허허허. 잠시 자리를 착각했군. 본 도왕이 황보세가에 온 이유는 다름이 아니라 천마란 자에 대해 궁금한 것이 있어서 일세."

도왕의 시선이 황보성을 지나 헌원경을 향했다.

그 시선에는 묘한 강요가 담겨 있었다.

천마와 황보세가.

누가 들어도 어울리지 않는 단어가 도왕에게서 나왔다. 하나 헌원경은 의외로 담담한 표정으로 도왕의 시선을 마주 보았다.

"도왕, 입구에서 혈교의 무리들을 보지 않았소?"

헌원경은 대답 대신 반문했다.

"봤소. 그래서 더욱 알고 싶어 묻는 것이오."

"흠. 굳이 대답을 해야 할 필요는 느끼지 못하지만, 도왕께서 묻는 데엔 이유가 있을 거라 여기기에 말하겠소."

헌원경은 도왕과 척을 지든 어쩌든 별 상관은 없었다. 하나 황보세가는 그럴 수 있을 정도의 세력이 되기엔 아직 많이 모자랐다.

"지난 몇 달 동안 황보세가에 사파와 금지된 무공을 사용하는 세력들의 공격이 몇 차례 있었소. 그때, 도와준 사람이 천마였소."

"장제께선……."

"십인회란 곳의 무슨 절인가 하는 자들 둘과 싸웠지만 혼자서 감당하기엔 벅찼소. 허허허. 아마도 천마가 도와주지 않았다면 황보세가는 없어졌을지도 모르겠소."

'놈이 이곳에 있다가 십인회 총단으로 온 모양이군.'

도왕은 십인회 총단에서 봤던 용악을 떠올리자 기분이 언짢아졌다. 그런 상태에서 헌원경의 솔직한 대답을 들으니 인상을 쓰지 않고는 앉아 있기 힘들었다.

차라리 헌원경이 어쩔 수 없이 천마와 함께 있었다고 했으면, 오악무제의 일인인 장제로서의 자존심을 먼저 지키려 했다면, 이렇게까지 화가 나진 않았을 것이다.

"장제, 자존심까지 버리면서 옹호해 줄 정도로 천마와 유대가 깊은가 보구려."

"옹호? 후후후. 도왕, 천마를 옹호하는 것이 아니라 혹여 말이 이상하게 퍼져 황보세가에 누가 될까 봐 있는 그대로 말한 것뿐이오."

"천마가 황보세가를 돕는 이유는 뭐요?"

"한때 식객으로 있던 곳이니 당연한 일일지도."

"천마가 황보세가의 식객이었단 말이오?"

도왕은 대전 안을 둘러보았다.

그 시선이 말하는 의미를 알아본 사람은 황보성이었다. 황보세가의 가주를 맡은 후로 자주 접했던 눈이었으니 모를 리가 없었다.

"나머지는 제가 말씀드리겠습니다. 먼저 할아버님께 감사드립니다."

황보성은 자리에서 일어나 헌원경에게 고개를 숙였다. 조손간의 관계를 떠나 가주로서 드리는 감사였다. 사람들의 시선이 일제히 황보성에게로 향했다.

헌원경은 황보성이 왜 감사하다는 말을 했는지 알고 있다. 용약을 감싸준 것이 고마웠던 모양이다. 아무 말 없이 고개만 끄덕여 주었다.

"천마… 그분의 정체는 나중에 알게 됐습니다. 황보세가를
비롯한 십대세가가 천마의 도움을 받았지요. 오래전 아버님께
목숨을 구함받은 적이 있는데 그것을 갚겠다며 식객으로 한동
안 머물렀습니다. 황산 입구의 무인들도 은원의 한 부분이지
요. 제가 허락했습니다. 제겐 천마보다 식객이었던 용 소협이
었으니까요."

"허!"

장황한 황보성의 설명에 도왕은 기가 막혀 말이 안 나온다
는 표정이 됐다. 정파의 정점이라고 할 수 있는 그의 앞에서
사파의 수장인 천마를 옹호하고 있는 사람이 정파인이었다.

"그게 지금 본 도왕의 앞에서 할 말인가, 가주?"

"하지 못할 말이라고는 생각하지 않습니다."

"뭣이!"

도왕의 화난 눈이 황보성을 향했다.

"제가 드릴 수 있는 말은 다 한 것 같습니다."

황보성은 전신이 떨려왔지만 기어코 할 말은 하고 말았다.

"정파인이 천마를 두둔하면서 조금도 부끄러워하지를 않는
다? 세상이 어찌 돌아가려고……."

도왕의 탄식은 염제를 향해 있었다. 하나 염제는 나서기가
애매했다. 겉으로 드러난 사실만 갖고 판단하면 황보세가는
큰 잘못을 저지른 것이 맞으나, 천마와의 관계를 고려하면 일
반적인 잣대를 들이대기엔 무리이기 때문이다.

"죽영, 언제까지 이 자리에 있을 거야?"

도왕과 황보성의 오가는 얘기를 듣고 있던 부용은 슬금슬금 짜증이 나서 일부러 죽영에게 말을 걸었다.

죽영은 화들짝 놀라 부용의 입을 막으려 했으나, 부용은 가볍게 얼굴을 돌려 피하며 다시 입을 삐죽였다.

"왜 우리가 저 얘기를 듣고 있어야 하는데?"

"조용히 좀 해."

죽영은 최대한 조용히 말한다고 했으나, 방 안의 모든 사람들은 이미 부용의 말을 들은 뒤였다.

"자네, 뭐라고 했나?"

가뜩이나 화가 난 상태의 도왕이 부용의 말을 듣지 못했을 리 없었다.

"우리가 이 자리에 있을 이유가 없다고 했습니다."

부용은 당당하게 대답했다.

"자네들은 정군산에서 왔다고 하지 않나?"

"맞습니다."

"한데 상관이 없다고?"

"우리들이 정군산에서 나온 것과 지금 나오는 얘기와 무슨 상관이 있다는 거죠?"

부용은 오히려 당차게 반문했다.

"버릇없다! 검왕께선 정파를 대표하시는 분이야! 그런 분의 제자들이라면 당연히 관심을 가져야지!"

"그……."

부용이 지지 않고 또다시 입을 열려 하는 순간, 옆에서 시커 먼 그림자가 일어났다.

죽영이었다.

"부 교검의 말에 오해의 소지가 있어서 제가 대신 말씀드리 겠습니다. 저희는 검왕께서 내리신 명령으로 황보세가를 찾은 것이지, 강호의 담론에 끼어들 생각도, 그럴 주제도 되지 못합 니다. 이 자리는 저희들이 낄 자리가 아니네요. 밖에서 기다리 도록 하겠습니다."

죽영은 최대한 검왕의 이름에 누가 되지 않도록 예의를 갖 추는 한편, 자리를 피할 수 있는 명분까지 만들어냈다.

'이런 상황에서 저런 웅변을?'

죽영을 눈여겨본 사람은 한쪽에서 조용히 대화를 듣고만 있 던 제갈기였다. 그 역시 할 말이 목까지 차오른 상태였지만 자 칫 도왕의 화를 돋울까 염려스러워 참고 있는 중이었다.

'요것들 봐라?'

도왕은 자리를 피하려는 죽영 일행을 보며 속에서 화가 치 밀어 올랐다. 하나 그들은 그조차 함부로 할 수 없는 검왕의 제자들이었다.

"검왕께 안부나 전해주게."

"물론입니다. 도왕을 직접 뵌 것은 제 일생의 영광으로 여길 것입니다. 그럼."

죽영은 정중히 포권을 취하며 부용 등과 함께 자리에서 일 어났다.

"가주님……."

"밤이지만 필요한 곳엔 불을 밝히도록 했으니 세가를 둘러보고 계시면 제가 찾아가도록 하겠습니다."

황보성이 방을 나서는 네 사람에게 포권을 취했다.

"야, 죽영!"

"쉿. 할 말 있으면 이곳에서 좀 떨어진 다음에."

광한신공을 익힌 죽영의 이마에 땀이 송골송골 맺혀 있었다.

"왜 그렇게 땀을 흘려?"

"두 선배께선 느끼셨습니까?"

죽영이 부용의 말을 흘리며 검성호와 만우혼을 돌아봤다.

"왜 못 느꼈겠나. 죽 교검 덕분에 숨통이 트였네."

"도왕… 무서운 고수였다."

검성호와 만우혼이 기다렸다는 듯이 입을 열었다.

죽영이 방을 나가겠다는 말을 꺼냈을 때 도왕의 표정에 드러난 것은 살기였다. 만약 죽영 등이 정군산에서 왔다는 말을 하지 않았다면 목숨을 부지하기 힘들었을 것이다.

"부용, 너는 정말……."

죽영은 아무것도 모르는 것 같은 표정의 부용을 보며 고개를 저었다.

"할 말은 하고 살아야지."

"때와 장소를 가려야지!"

"화가 나잖아."

"…천마 때문에?"

죽영은 부용이 왜 그리 화가 났는지 본능적으로 느꼈다. 그 역시 도왕이 천마를 공적처럼 만들려고 할 때 화가 났다. 그 천마가 바로 네 사람이 만나고 싶어하는 천산마제라는 것을 깨달았기 때문이다.

"천산마제겠지."

부용이 천마란 말을 정정했다.

"황보세가에서 그분의 행적을 알려나?"

"죽 교검, 그분의 행적을 알 수 있는 사람을 이미 만났잖은가."

검성호가 대화에 끼어들었다.

죽영과 부용이 의아한 눈으로 쳐다봤다.

"초입에서 만났던 마기를 숨기지 않던 자들."

"아!"

죽영과 부용이 동시에 탄성을 발했다.

네 사람이 멈춘 곳은 대전 앞의 연무장이었다.

연무장 양쪽에는 전각이 서 있었고, 그중 왼쪽에 있는 전각에는 네 사람의 대화를 모두 듣고 있는 한 여인이 이층 창문을 열고 나와 있었다.

"지금 천산마제라고 하셨나요?"

여인은 천산마제란 별호를 듣는 순간 이미 창문에서 몸을 날렸고, 마지막 말을 했을 때는 네 사람의 앞에 내려선 뒤였다.

"……!"

가장 먼저 여인을 발견한 사람은 부용이었다.

달빛에 비친 여인의 모습을 본 부용은 할 말을 잃고 멍하니 서서 입을 열지 못했다.

단아함이 전신에 흐르고 백의보다 하얀 피부에 출렁이는 검은색 머릿결이 너무도 아름답게 보이는 여인이었다.

신법을 펼쳤음에도 호흡 하나 흐트러짐이 없는 걸로 봐서 무공 또한 상당 수준에 이른 것을 알 수 있었다.

"소저께선……."

죽영은 말끝을 흐리면서 빠르게 주위를 경계했다.

"경계하지 않으셔도 돼요. 저는 황보소소라고 해요."

"황보……."

"황보세가의 여인이에요."

황보소소는 죽영을 보며 환하게 웃었다.

네 사람의 입에서 용악에 대한 얘기가 나온 순간 황보소소의 경계심은 이미 사라지고 없었다.

"천산마제가 누군지 아십니까?"

죽영은 황보소소의 미소에 심장이 덜컥 내려앉는 것 같았지만 마음을 다잡아 다시 질문을 던졌다.

"알지요. 용 소협… 그곳에선 어떻게 불렸는지 모르겠네요."

"…용 소협이라고 하시는 걸 보니 정말로 그분을 아는군요?"

"알지요. 그분을 만났기에 현재의 제가 있는 것이나 다름없으니까요."

용악을 모르고선 할 수 없는 말이었다.

"현재의?"

"얘기가 길답니다."

황보소소는 곤란한 표정으로 대답을 대신했다.

용악과 함께 했던 시간들은 몇 마디로 설명되지 않기 때문이다.

"참, 접객전에 도왕과 염제란 분이 오셨다는 얘길 들었는데, 네 분이 나오셔서 깜짝 놀랐어요. 호호호."

화제를 돌리려는 황보소소의 노력은 성공했다.

부용을 제외한 세 남자는 황보소소의 웃음에 멍한 표정을 지은 채 굳어지고 말았다.

"용 소협에 관한 얘기는 나중에 나누기로 하고요. 조금 전에 들으니 산에 오를 때 입구에서 만난 분들의 얘기를 하시는 것 같던데, 무슨 일인지 여쭤봐도 될까요?"

'그 소리를 들었단 말인가?'

차갑게 보이기만 하던 죽영의 얼굴에 미소가 번지다 황보소소의 한마디에 정신을 차렸다. 네 사람은 황보소소의 기척을 몰랐는데, 황보소소는 네 사람의 작은 대화를 모두 듣고 있던 것이다.

"소저, 두 번이나 놀라게 하는군요. 사람의 혼을 빼놓을 것 같은 미모에 한 번 놀라게 하시더니, 낮과 밤을 구분하지 않는 안력까지… 감탄했소."

검성호는 순수한 무인의 눈으로 말했다.

황보소소가 모습을 드러내기 전까지는 전혀 기척을 알아차리지 못했기 때문이다.

"놀라게 해드릴 생각은 없었으니 이해해 주세요."

"올라올 때 봤던 두 사람과 얘기하면 천산마제의 행방을 알 수 있을 것 같아 논의하던 중이었소."

"아… 무슨 일이라도 있는 건가요?"

황보소소의 눈에 용악에 대한 걱정이 드러났다.

"야, 죽영. 너답지 않게 왜 그렇게 설설 기어?"

부용이 대답을 못주는 남자들을 보며 짜증을 냈다.

평소의 그들 같지 않게 얌전 떠는 모습들이 눈에 거슬렸는데 그중 특히 죽영의 태도가 마음에 들지 않았다.

"내가 뭘?"

"우리가 천산마제를 찾는 이유는 간단하잖아. 천좌를 추종하는 무리들이 나타났으니 알려드리려는 거 아냐."

"누가 뭐래?"

"그렇게 설명하면 간단한 것을 왜 그리 망설이는데? 꼴 보기 싫게."

"말은 바로 해야지. 한마디도 안 하던 주제에……."

"뭐?"

부용은 죽영의 반항 아닌 반항에 쌍심지를 켜며 남자 셋을 노려봤다.

"부 교검, 왜 화살이 우리에게까지 돌아오나? 두 사람 문제
는 둘이 알아서 풀게나."

만우혼은 한마디도 안 하고 있다가 부용의 시선이 자신에게
까지 오자 당황하며 손을 내저었다.

"어쩔 수 없죠. 저는 부용이라고 해요. 정군산에서 천산마
제께 큰 도움을 받은 적이 있어요. 천산마제께서 정군산을 내
려갈 때 이곳으로 간다고 해서 찾아온 거예요."

"하실 일이 있다고 하셨어요. 그 일이 끝나면 돌아오신다고
하셨지요."

"······."

부용은 황보소소의 표정에서 많은 것을 읽을 수 있었다.

용악을 기다리며 자리를 지키는 여인.

아무리 선머슴처럼 살아왔다고 해도 부용 역시 여자였다.
황보소소의 마음이 달빛에 반사되어 곧장 부용에게 전해지는
것 같았다.

"참 멋진 분이죠, 천산마제는······."

용악을 만나면 해주려고 했던 말이 무심코 튀어나와 버렸
다. 부용은 말을 해놓고 나자 후회가 몰려오는지 황보소소를
외면했다.

"고마워요."

황보소소는 마치 자신이 칭찬을 들은 것처럼 해맑게 웃었
다. 그러다 고개를 옆으로 돌려 접객전을 바라봤다.

문이 열리며 사람들이 밖으로 나오는 모습이 보였다.

그러자 부용 등이 슬쩍 몸을 뒤로 빼며 연무장 한쪽으로 이동했다.

"저분이 도왕이신가요?"

황보소소가 도왕을 가리키며 물었다.

"그렇다고 스스로 말하더군요."

부용이 퉁명스럽게 대답했다.

황보소소는 부용 등이 도왕을 피하는 것을 보고 굳이 나서고 싶은 생각이 들지 않았다. 헌원경과 황보성도 되도록 도왕과 거리를 두려 하고. 문득 도왕이 왜 황보세가에 왔는지 궁금해졌다.

"무슨 일로 오셨는지 아세요?"

"천산마제를 노리고 있어요."

"어째서……."

"정파와 사파, 뭐 그렇고 그런 얘기겠죠."

부용이 심드렁하게 방 안에 있었던 얘길 한마디로 설명해 주었다.

"부용, 아주 정확한 설명인데?"

"나야 언제나 정확하지."

부용은 대화에 끼어드는 죽영을 노려보고는 휙 소리가 날 정도로 빠르게 고개를 돌렸다.

'뭐지?'

죽영은 부용의 반응에 눈을 동그랗게 떴다.

"저… 오늘 묵고 가실 거죠? 정군산에서 어떤 일이 있었는지 듣고 싶어요."

황보소소가 갑자기 엉뚱한 말을 꺼냈다.

도왕 때문에 전혀 그럴 생각이 없었던 네 사람은 일순 말문
이 막혔다. 하루쯤 묵어도 상관은 없을 것 같았기 때문이다.

"저 사람이 가면 둘러보고 싶기는 해요."

부용이 주위를 둘러보며 묵고 싶은 뜻을 비치자 세 남자는
침묵으로 동의했다.

"그럼 나중에 뵐게요."

황보소소는 가볍게 인사를 하고는 옆쪽 건물로 움직였다.

'웅? 소소가 아니었나?'

헌원경은 부용 등과 있다가 어둠 속으로 사라지는 인영을
보고 고개를 갸웃거리다 좌측의 건물 이층을 올려다봤다. 불
이 꺼져 있었다.

사라진 인영을 본 사람은 헌원경뿐만이 아니었다.

도왕 역시 어둠 속으로 사라지는 인영을 보고 의아하게 여
기던 중이었다. 하나 황보세가 사람들이 그에게 모두 인사를
해야 하는 것도 아니니 이내 관심을 접었다.

"장제께서 알아서 해주실 거라 믿고 가겠소."

대전 안에서 나눈 얘기의 결론은, 천마가 조금이라도 정파
에 해를 끼치면 도왕은 용서하지 않을 것이고, 그에 따른 황보
세가에 돌아갈 불이익은 알아서 감수하라는 쪽으로 났다.

"살펴 가시오."

헌원경은 짧게 대답했다.

돌아서는 도왕의 눈에 한기가 번뜩였다.

마음 같아서는 헌원경의 사지 중 하나라도 자르고 싶었으나 참아야 했다.

'장제… 기억해 두지. 감히 내 앞에서 그따위 말을 했단 말이지?'

그의 제자인 임중걸과 묵도의 두 호법이 당했다는 소문이 돌까 봐 용악을 죽이려고 나선 그였다. 헌원경은 제자나 호법이 아닌 그의 자존심을 상하게 했다.

'곧 다시 보자고.'

도왕은 연무장을 가로지르며 슬쩍 고개를 돌렸다.

부용 등이 눈이라도 마주칠까 봐 헌원경과 인사를 나누고 있는 염제를 보고 있었다.

'이것저것 다 마음에 들지 않아.'

모든 것이 천마로부터 비롯됐다.

십인회 총단에서 죽였어야 했다.

그 뒤로 자꾸만 신경이 쓰여 이곳까지 왔는데 결국은 또다시 그의 비위를 건드리는 일들만 일어났다.

탁.

황보소소는 세가를 나서자마자 혈강시 두 구를 불러내 그들을 타고 일직선으로 허공을 질주했다. 마문정의 힘을 흡수한 데다 헌원경의 무공이 뒷받침해 주자 그녀의 내공은 비약적으로 늘어났다.

허공을 질주하던 그녀의 신형이 아래로 뚝 떨어져 내렸다.
황산 입구까지 도착하는데 최단 거리는 직선. 그 직선을 최대
한 이용하여 움직이고 있는 것이다.

"사림이종을 뵙고 싶어요."

황보소소는 땅에 발을 딛자마자 주위에 대고 소리쳤다. 그
러자 그녀의 주위로 일단의 무인들이 모습을 드러냈다.

잠시 후, 사림이종이 급한 걸음으로 달려왔다.

"소저, 무슨 일이십니까?"

목노가 숨을 헐떡이며 도착하기도 전에 물었다.

황보소소는 이미 용악과 동급의 신분이나 마찬가지였다.

"다른 분들을 모두 피하게 하세요."

"예?"

"도왕이란 분이 지금 내려오고 있어요."

"올라갈 때 봤습니다."

목노는 황보소소가 무슨 걱정을 하는지 알고서 안심시키려
했다. 올라갈 때도 아무 일 없었는데 내려올 때 무슨 일이 있
겠느냐는.

"그래도 피하시는 것이 좋겠어요."

황보소소는 물러서지 않고 진지하게 다시 피할 것을 종용했
다.

도왕은 황보세가를 벗어나려다 멈춰 섰다.

'검왕이 왜 제자들을 보냈지?'

문득 부용 등이 황보세가에 온 이유가 궁금해졌다.

도왕을 일부러 피하는 행동이며, 따로 황보성에게만 말을 하겠다는 말이며, 자꾸만 황보세가를 돌아보게 만들었다.

"염제, 잠시 기다리시게."

"……?"

"잊은 말이 있어서… 한마디만 하고 곧 오겠네."

도왕은 염제가 뭐라 말을 하려고 하자 급히 허공으로 신형을 쏘았다.

초절정고수가 은신을 하기로 마음먹는다면 그것을 알아차릴 수 있는 사람은 같은 경지에 이른 사람이 아니면 불가능하다.

도왕이 허공으로 솟구쳤다가 기를 숨기고 체온을 숨기고 소리를 숨긴 채 아래로 떨어져 내렸다.

부용 등을 마지막으로 봤던 연무장 이층 전각 지붕.

도왕은 청각에 신경을 집중시켜 대화 소리를 들으려 했다.

"…마제께서 어디에 계신지 아는지……."

'마제?'

앞 얘기가 잘려진 모양이다.

좀 더 청각에 내공을 집중시켰다.

"제가 어찌 알겠습니까? 다만, 천산마제께서 언제고 세가로 돌아오실 거라는 믿음은 있습니다."

황보성의 목소리가 또렷하게 들렸다.
'천산마제? 천마가 아니라 천산마제?'
도왕은 들어본 적 없는 별호에 인상을 썼다.
부용 등 네 사람이 천마와 관련이 있을 거라 생각했던 그의 판단이 틀린 탓이다. 하지만 막 그가 지붕에서 일어서려 할 때였다.

"…저도 그분을 기다리고 있습니다."

황보성이 도왕의 눈이 번쩍 뜨일 말을 했다.
'혹시 천산마제가 천마?'
도왕의 눈이 빛을 뿜었다.
이어지는 얘기를 듣지 않았다면 알 수 없었을 좋은 정보를 얻은 것이다.

第九章
천산으로

천산마제

사림이종은 도왕이 아니라 누가 와도 용악의 명령을 어기는 일은 할 수 없다고 했다. 천마의 명령은 곧 하늘이 내린 명령이라는 두 사람의 의지를 황보소소는 꺾을 수 없음을 깨달았다.

도왕을 보는 순간 황보소소는 천금장주 금무창의 눈을 떠올렸다. 자신을 위해서만 살아가는 사람이 풍길 수 있는 느낌, 그것이 오만인지 자만인지 생각하고 싶지도 않았다.

무조건 가까이 하고 싶지 않은 사람이었다.

'금 장주는 뒤로 사람을 보냈어. 저 두 분이 용 소협과 연관이 있다는 걸 알면서 그냥 둘 리가 없어. 어떻게든 도와야 해.'

황보소소는 세가로 돌아간다고 하고서 사림이종이 지키고

있는 곳에서 멀지 않은 곳에 숨어 있었다.

'온다!'

자신을 드러내고 싶은 사람답게 도왕은 강렬한 예기를 사방에 퍼뜨리며 내려왔다.

'어?'

내려온 도왕은 황보소소의 예상과 달리 사림이종을 찾지도 않고 그냥 지나쳤다. 황보소소는 자신의 예상이 틀렸다는 것을 깨달았으나 쉬이 자리에서 일어날 수 없었다.

도왕이 시야에서 완전히 사라질 때까지 기다렸다.

도왕은 염제와 함께 완전히 모습을 감추었다.

"휴……."

황보소소가 안심하며 숨을 내쉬었다.

번쩍!

그 순간 무언가 빛을 내며 황보소소의 눈으로 들어왔다.

"헉!"

염제와 황산 초입을 지나친 도왕은 또다시 걸음을 멈췄다.

"왜 또 걸음을 멈추십니까, 도왕?"

"한 가지 또 잊은 게 생각났네."

"말씀하시면 제가 다녀오도록 하지요."

"아니네, 염제. 여기서도 해결할 수 있는 일이야."

도왕은 의아해하는 염제를 향해 웃고는 등 뒤에서 묵도를 꺼내 들었다. 그리고는 몇 번 흔들다 느닷없이 거대한 반원을 그리며 묵도를 휘둘렀다.

　고오―

　"……!"

　염제의 눈이 부릅떠졌다.

　도왕이 내리그은 반원이 진동과 함께 형체를 갖추기 시작했
기 때문이다.

　"이, 이것은……."

　"묵월이네. 녹슬지는 않은 것 같아 다행이군."

　도왕은 반원에서 검은 반월로 변하는 강기를 보며 흡족한
표정을 지었다.

　"가세."

　"예? 저것은……."

　"기분이나 풀려고 만든 것일세."

　도왕은 자세한 설명은 하지 않고 몸을 돌려 앞으로 쏘아져
갔다. 염제는 도왕의 의도를 짐작하지 못하고 말 그대로를 믿
고서 곧장 뒤따랐다.

　두 사람이 떠난 자리.

　반월형 강기로 변한 묵월이 유형화되며 날을 세웠다.

　그리고는 곧바로 폭풍과 같은 바람을 일으키며 앞으로 쏘아
져 갔다.

　콰콰콰콰―!

　"피해요!"

황보소소는 무작정 몸을 날리며 사림이종을 불렀다.

사림이종은 황보소소의 시선이 가리키는 앞쪽을 바라봤다
가 안색이 급변하며 전력을 다해 다가오는 빛을 향해 손을 뻗
었다.

"뒤집혀라!"

황보소소는 풍뢰신장 삼초식인 풍운번천을 좌우로 몇 번이
고 반복해서 펼쳤다. 총 여섯 번. 하지만 실제로 펼쳐진 장력
의 숫자는 열여덟 번이었다.

어느새 그녀의 좌우로 혈강시 두 구가 나타나 있었고, 강시
들의 손에서 황보소소와 똑같은 위력과 형태의 풍운번천이 펼
쳐진 것이다.

사림이종과 황보소소의 합격에도 불구하고 다가온 반월형
강기는 그대로 주위를 쓸어버렸다.

콰콰쾅!

잘려진 나무들이 앞으로 쓰러지며 자욱한 먼지를 만들었고
멀쩡하던 숲에는 가로로 거대한 흔적이 났다.

반월형 강기 묵월이 무표정하던 숲에 표정을 만들었다. 목
숨 걸고 막은 사람들을 비웃는 듯한.

"쿨럭……."

누군가 기침을 토했다.

흘러내린 흙더미 중간이 들썩이며 사람이 모습을 드러냈다.
전신을 흙먼지로 뒤집어쓴 자는 갑자기 주위를 두리번거렸다.

"화, 황보… 소저……."

웅얼거리는 그의 입에선 연신 피가 흘렀고 그의 양손은 사방팔방을 파헤쳤다.

"우웩……."

한 사람이 피를 토하며 흙먼지를 뚫고 일어섰다.

그의 키는 먼저 일어난 자보다 작았다.

"어, 어디… 우웩……."

키가 큰 자보다 내상이 심한지 말을 하다 몇 번이나 피를 토했다.

"황보 소저!"

"황보 소… 저……."

두 사람의 상태는 일어나서 움직이는 것이 신기할 정도로 엉망이었다. 하나 그들의 상태보다 더욱 안 좋아 보이는 것은, 바로 목소리에 담긴 안타까움이었다.

한참을 두 사람이 이리저리 땅을 팔 때였다.

푸— 학—!

두 사람의 뒤쪽에서 무언가 솟아올랐다.

"……!"

두 사람은 동시에 뒤를 돌아봤다.

창백한 얼굴의 황보소소를 발견할 수 있었다.

"오!"

"무, 무사하십니까, 황보 소저?"

두 사람, 사림이종은 거의 동시에 외치며 황보소소에게 달려왔다.

"저는 괜찮습니다."

황보소소는 달려오는 두 사람을 향해 웃음을 지었다.

두 사람이 살아 있어 얼마나 다행인지 몰랐다.

"너희들도 괜찮지?"

황보소소는 끝까지 자신을 보호해 준 혈강시 두 구의 어깨를 쓰다듬어 주었다. 묻는다고 대답해 줄 수 있는 강시들이 아님에도 황보소소의 눈에는 고마움이 담겨 있었다.

"정말 다행입니다. 다행……."

목노는 황보소소가 살아 있다는 사실에 감격해 목소리까지 떨었다.

"다른 분들은 어떠세요?"

"황보 소저만 괜찮으면……."

"얘들아, 찾아."

황보소소는 사림이종의 대답을 끝까지 듣지 않고 혈강시 두 구를 돌아봤다. 혈강시 두 구는 곧장 허공으로 떠올랐다가 황보소소의 눈이 조종하는 대로 움직이기 시작했다.

혈강시 두 구가 지날 때마다 흙먼지가 일어나며 땅이 파여 갔다. 황보소소의 옆에서 사림이종이 몇 번을 만류하려 했으나 소용없었다.

살아 있는 사람이 있다면 반드시 살려야 했다.

사림이종을 살리기 위해 한달음에 산을 내려온 것처럼 땅에 묻혀 죽어가고 있을 사람들을 살리는 것이 용악을 위한 일이기 때문이다.

"어떻게 이런……."

황보소소의 눈에서 눈물이 흘러내렸다.

그때, 흙더미가 얇아졌는지 땅이 들썩이기 시작했다.

한 명, 두 명… 많은 숫자는 아니지만 사람들이 고통을 호소하며 일어났다. 그제야 황보소소는 천천히 주위를 둘러보았다.

도왕이 남긴 흔적들.

그녀의 시야에 들어오는 면적 안의 모든 것이 파괴됐다. 한눈에 들어오는 모든 것, 그것은 어마어마한 충격을 가져다주었다.

"악마가 입을 벌리고 있는 것 같아요……."

태어나 지금까지 살아온 산이 황보소소를 원망하는 것처럼 보였다. 그녀 때문이 아니건만 마음이 너무 아팠다.

사림이종과 그녀와 혈강시 두 구의 모든 힘을 쏟아부었음에도 고작 도왕의 묵월을 두 뼘 정도밖에 들어 올리는 정도에 그치고 말았다.

용악의 도움을 받을 때와 달라진 것이 하나도 없었다. 지난 몇 달간 그토록 노력을 했음에도 겨우 이 정도의 성장밖에 이루지 못한 것이다.

황보소소는 분했다. 예전 같았으면 그마저도 할 수 없었겠지만, 지금은 예전의 그녀가 아니었다.

생각에 빠진 그녀의 좌우에 혈강시 대신 사림이종이 다가와 섰다.

"두 분, 운기하세요."

"괜찮습……."

"운기하세요."

황보소소의 목소리에 힘이 실렸다.

사림이종은 몸을 움찔 떨고는 서로의 눈을 마주 보았다. 눈앞에 있는 여인이 황보소소가 맞는지 의심이 될 정도로 단호한 말투 때문이었다.

"항상 황보세가를 위해 이 자리를 지켜주시는데 이번 한 번은 제가 해드려도 돼요. 제 말대로 하도록 하세요, 용 소협을 위해서라도."

사림이종은 황보소소의 양옆에 나란히 앉았다.

용악을 위해서라는 말에 더 이상 고집을 피울 수가 없게 된 것이다.

황보성과 마주 앉은 부용 등 네 사람은 굳어진 표정을 하고 있었다. 네 사람이 황보세가를 찾은 이유를 설명했음에도 황보성이 이렇다 할 결정을 내리지 않고 있기 때문이다.

황보성은 자리에서 일어나 대전 안을 서성거렸다.

부용 등은 용악을 만나기 위한 방법으로 황산 초입에 주둔하고 있는 사림이종과의 접촉을 시도하겠다고 했다. 그것은 좋은 방법이 아니었다. 얼마 전 찾아온 공투가 전해준 서찰을 황보성이 읽은 뒤였기 때문이다.

"네 분께선 반드시 혈교주와 만나야겠습니까?"

황보성은 용악을 칭할 때 천마나 천산마제란 별호를 사용하지 않고 혈교주라고 불렀다. 용악과의 마지막 만남에서 용악이 황보성에게 사림주라 부르라고 했으니, 지금은 혈교주라 부르는 것이 옳다고 여긴 까닭이다.

"지금까지 우리가 한 얘기를 못 들었나요?"

"산으로 올라오는 길에 뵌 분들은 사림의 사림이종이라고 합니다. 그분들은 혈교주께서 특별히 황보세가를 위해 배치해 놓은 분들입니다. 그분들을 만나는 것은 어렵지 않겠지만, 혈교주의 명령을 받은 분들이라 결코 황산을 떠나지 않으실 겁니다."

"그거야 직접 만나보면……."

"신공장 어르신과 함께 가시지요."

"……?"

"어차피 신공장 어르신께서도 혈교주를 만나러 가셔야 합니다."

황보성의 대답에 부용 등은 황당한 얼굴들이 됐다.

도왕이 있는 자리에서 용악에 대해 아무것도 모르는 것처럼 시치미를 떼던 황보성을 떠올렸기 때문이다.

"얼마 전, 인편을 통해 혈교주께 서찰 한 통을 받았습니다. 신공장 어르신이 필요한 일이 생겼다고. 어떠십니까?"

"우리야 천산마제를 뵙는 것이 목적이니 좋습니다만, 가주께서 혹시나 저희 때문에 곤란을 겪거나 하진 않으실지……."

죽영은 도왕의 해코지가 걱정돼 대답을 망설였다.

"최근 이런 소문이 돈다고 합니다. 도왕이 천마를 죽이려다 훈계만 내리고 보내주었다고요."

"예?"

부용이 깜짝 놀라 반문했다.

"물론 사실이 아닙니다. 혈교주께서 십인회를 무너뜨리고 나오는데 도왕이 십인회의 주구 중 한 명인 줄 알고 손을 썼다고 합니다. '도왕의 공격은 느닷없었고 지친 천마로선 속수무책으로 당할 수밖에 없었다'고 그 장소에 함께 있던 여의총령 사마화인, 사마 공자가 나중에 말을 했다고 하네요."

"그럼……."

"그 일이 있은 후, 혈교주께서 공표를 했습니다. 사파를 일통시키겠다고. 결과는, 모든 정파인들… 몇몇 혈교주를 좋아하는 분들을 제외하고는 난리가 났죠. 그 사파일통의 일환으로 신공장 어르신이 필요하다고 하시네요."

"천산마제께서 말인가요?"

"예. 함께 동행하시겠습니까?"

"우리야 수고를 덜게 되는데 마다할 이유가 전혀 없습니다."

죽영은 동료 세 사람과 눈빛을 교환한 후 고개를 끄덕였다.

"그럼 신공장 어르신께 내일 일찍 떠나시도록 말씀드려 놓겠습니다."

황보성은 이때까지만 해도 다음에 일어날 일을 전혀 짐작하지 못했다.

　　　　*　　　　*　　　　*

　뭉글거리며 피어오르는 먼지구름을 보며 염제는 할 말을 잃고 도왕을 쳐다봤다. 손을 쓰지 않을 것처럼 하다가 혈교의 무리들이 방심하고 있는 틈을 타 손을 쓴 것이다.

　"도왕, 이게 무슨 일입니까?"

　염제는 하마터면 이게 무슨 짓이냐고 물을 뻔했다.

　"존재해 봐야 강호에 해악이나 끼치는 놈들일세."

　도왕의 목소리엔 한 점 부끄러움도 담겨 있지 않았다. 염제는 도왕과 동행하며 처음으로 부끄럽다는 생각을 가졌다.

　'차라리 손을 쓸 거면 이런 식이 아니라 전부 쓸어버리는 쪽이 나았을 것을⋯⋯.'

　염제는 처음으로 도왕과 함께 있는 자신이 싫어졌다.

　도왕이기에 모든 것을 이해하려 했던 염제였으나 도왕이 헌원경을 대하는 모습을 보고 불편해졌다. 도왕에게 진 신세나 나이 차이로도 극복이 안 되는 불편함이었다.

　오악무제의 일인이자 도왕과의 나이 차이도 거의 나지 않는 헌원경에게 아랫사람 대하듯이 하는 모습에 실망을 한 것이다.

　그러자 도왕이 찾아왔던 순간부터 지금까지의 과정이 염제의 머릿속에 새롭게 정리가 됐다.

　"염제, 축융이화창을 얼마나 익혔다고 했지?"

"대성을 앞두고 있습니다."

"한번 펼쳐 보겠나?"

"…여기서 말입니까?"

"그렇지. 지금 여기서 펼치지 않으면 자네는 앞으로 그럴 기회를 얻지 못할 걸세."

"……?"

"본 도왕의 묵월천앙도법은 자네도 알다시피 무적임을 자부하거든."

도왕의 시선이 의아해하는 염제를 똑바로 응시했다.

조금 전까지 염제를 대하던 눈빛이 아니었다.

도왕은 분노하고 있었다.

"도왕께선 어찌 그런 삭막한 말씀을 하시는 겁니까?"

"오악무제… 그게 그렇게 대단한 건가? 장제 따위가 내 말을 무시하는데 가만히 있는 자네에게 크게 실망했네. 그리고 그 눈."

도왕은 당장에라도 손을 쓸 것처럼 염제의 눈을 쏘아보며 말을 이었다.

"혈교의 무리들 몇 명 죽였다고 그런 눈을 해? 그건 본 도왕에 대한 예의가 아니지. 자네를 구해준 것을 잊었나? 키우는 개도 살려주면 충성을 다하는데……."

'개, 개? 그, 그럼 그동안 나를 개처럼 여겼다는…….'

염제의 눈에 불꽃이 일었다.

이전이었다면 웃으며 믿지 않았을 것이다.

그러나 이미 도왕이 어떤 심성을 가졌는지 안 이상, 말을 섞고 싶지 않았다.

촤악!

염제의 발이 뒤로 주욱 미끄러졌다.

적당한 거리를 두고 선 염제는 손에 불꽃을 일으키며 축융이화창을 만들었다.

그 순간, 도왕의 신형이 자리에서 사라졌다.

비무를 원했다고 여겼던 염제의 눈가에 그늘이 내려앉았다. 정당한 비무로도 몇 합을 견딜지 예상할 수 없는데 도왕은 비겁한 방법을 택했다.

'남자로 태어나 평생을 동경하고 싶었던 사람이… 절대로 본받아선 안 되는 자였다니…….'

도왕에 대한 실망감이 전신으로 퍼지자 염제의 축융이화창이 줄어들었다.

"그 눈을 들키지 말았어야지. 주인을 무는 개의 최후가 어떤 건지 느껴봐라."

"개… 잡… 놈."

염제는 허공에서 들려오는 도왕의 목소리에 대고 이를 갈았다.

"그걸로 됐다."

"……!"

도왕의 목소리가 염제의 바로 뒤에서 들려왔다.

"흥분도 쉽게 하는 걸 보면, 너는 개가 맞아."

"닥쳐!"

염제는 불길을 일으키자마자 허리를 틀어 축융이화창으로 도왕의 허리를 쓸어갔다. 하나 축융이화창의 길이가 도왕에게 까지 미치지 못했다.

"쯧쯧. 거리조차 재지 못할 정도로 눈이 안 좋았던 건가?"

"으아아아아!"

염제는 도왕의 도발에 모든 내공을 끌어올려 축융이화창을 찔러갔다.

'설마!'

축융이화창을 찔러가던 염제의 눈에 불신이 담겼다.

마음은 이미 도왕의 심장을 찌르고 지나쳤어야 하지만 현실은 그렇지 못했다. 앞으로 가려는 그의 몸이 기우뚱 기울어지며 아래쪽으로 쏠렸기 때문이다.

"네가 짖을 때마다 본 도왕이 얼마나 듣기 싫었는지 아느냐? 둔하고 어리석은… 개야."

도왕의 싸늘한 말이 염제의 귀에 꽂혔을 때는 이미 상반신과 하반신이 분리되어 떨어진 뒤였다.

'언제……'

염제는 아무리 애를 써도 당한 기억이 없었다.

도왕의 묵도가 허리를 잘랐다면 느낌이라도 있어야 하는데 아무런 감각도 인지하지 못한 까닭이다.

염제는 자타가 공인하는 고수였다. 그런 고수가 자신의 허리가 잘리는 것도 모를 리가 없었다.

"본 도왕을 상대하면서 지금껏 네가 상대한 자들과 똑같은 방식으로 싸우려 했나? 허리가 잘리는 것도 모르고 내공을 끌어올리는 꼴이라니… 쯧쯧쯧."

'아!'

염제는 도왕의 말을 듣고서야 도왕이 뒤에서 공격한 것이 아니라, 공격을 한 후에 뒤로 돌아갔음을 깨달았다.

축융이화창을 만들어내기 위해서는 모든 감각을 손끝과 발끝에 몰아야 한다. 그것을 도왕은 알고 있었던 모양이다.

화르륵!

염제의 상반신이 바닥에 닿는 순간 땅에는 두 개의 불꽃이 일어났다. 내공을 거두지 않고 오히려 더욱 끌어올려 스스로 몸을 태운 것이다.

"…개라서 그런지 냄새도 독하군."

도왕은 염제가 완전히 타서 형체를 못 알아볼 때까지 자리를 지키다 서쪽 하늘을 쳐다봤다.

"천산이란 말이지."

부용 등과 황보성이 나눈 대화로 가봐야 할 곳이 생겼다, 천산마제란 자가 왔다는 천산으로.

*　　　*　　　*

"어이쿠, 깜짝이야! 왜 이렇게 따라붙어!"

신공장은 옆을 돌아봤다가 낯선 얼굴이 보이자 화들짝 놀라며 고래고래 소리를 질렀다. 늘 함께 다니던 돈오의 얼굴이 있어야 할 곳에 구징효가 있었기 때문이다.

"나라고 신 선배와 함께 가는 게 좋은 줄 아슈? 몇 번이나 봐 놓고 놀라는 척하긴……."

구징효는 신공장의 고함 소리에 귀를 후비며 눈 하나 깜짝하지 않았다.

"그럼 안 간다고 하면 되지, 덩치는 산만 한 놈이 쭈뼛쭈뼛 왜 따라와!"

"쿵. 그만 좀 소리 질러요! 천산마제 만나러 가는 게 아니면 따라나서지도 않았을 거라구요!"

구징효도 더는 참지 못하겠는지 지지 않고 소리치며 신공장을 잡아먹을 듯이 쳐다봤다.

부리부리한 눈에 긴 검상까지 있는 구징효의 얼굴을 노려보던 신공장은 혀를 차며 고개를 가로저었다.

"그, 그건 뭐요?"

"뭐가, 뭐냐?"

"그, '내가 참지' 라고 하는 것 같은 눈 말이오."

"…관두자."

신공장은 또다시 구징효를 보다 길게 한숨을 쉬며 고개를 저었다.

순간, 구징효의 얼굴이 확 달아올랐다.

돈오로부터 수도 없이 당하던 구징효를 바로 옆에서 지켜본 사람이 신공장이었다. 구징효를 어떻게 다뤄야 하는지 너무 잘 알고 있었다.

"으휴, 성질 같아서는 화… 아……."

구징효는 신공장이 다시 쳐다볼 때까지 눈을 부라리며 노려봤으나, 한 번 앞으로 고정된 신공장의 눈은 움직일 줄 몰랐다.

'신기한 사람들이네?'

부용은 황보세가를 떠나는 순간부터 끊임없이 싸우는 두 사람을 보며 실소를 머금었다.

"왜 웃나, 부 교검?"

"만 선배는 안 웃겨요?"

"글쎄. 나는 저 두 분보다 부 교검과 죽 교검 때문에 항상 웃어서……."

"죽영과 저 때문에요?"

부용이 만우혼의 말을 이해할 수 없다는 표정으로 쳐다봤다. 그러자 만우혼은 곧이라도 웃음을 터뜨릴 것 같이 볼을 부풀렸다.

"뭐죠?"

부용은 웃지 못했다.

만우혼에 이어 검성호까지 웃음을 참지 못하고 고개를 돌렸다.

"뭐긴 뭐야, 너와 내가 티격태격하는 것을 보고 즐거워하시는 거지."

"그러니까, 그게 왜 즐거운 거냐고."

"네가 왜 저 두 분을 보면 웃음이 나오는지 생각해 보면 알지."

"……."

부용은 거리를 두고 걷는 신공장과 구정효를 보다 죽영에게 고개를 돌렸다.

"이제 알겠냐?"

"나는 하나도 안 웃긴데?"

"아까 웃었어."

"아니, 너와 티격태격하는 게 하나도 안 웃기다고."

"저분들도… 그렇진 않을 거야."

"…흥. 만 선배, 검 선배, 웃다가 제게 걸려봐요?"

부용은 만우흔과 검성호에게 으름장을 놓고는 씩씩대며 앞장섰다.

서늘한 날씨 때문인지 하늘이 무척 높았다.

검성호는 저 멀리 지평선 너머에 있을 용악을 떠올리자 절로 손에 힘이 들어갔다.

천산마제, 황보세가의 식객, 천마.

검성호가 지나온 시간과는 너무도 다른 삶을 살고 있는 용악을 보는 것만으로도 흥분이 됐다.

그런 생각을 하고 있는 사람은 검성호만이 아니었다. 만우흔, 부용, 죽영이 그랬고, 앞장서서 걷고 있는 구정효 역시 마찬가지였다.

황산은 안휘성과 강서성의 경계와 가까웠다. 그 덕분에 여섯 사람은 신법만으로 이틀 만에 강서성 경덕진을 지날 수 있었다.

"신 대협, 앞으로 얼마나 가야 하나요?"

부용은 신공장과 구징효가 대화없이 움직이기만 하자 심심해서 일부러 말을 걸었다.

"이곳이 경덕진이니… 부지런히 가면 삼 일 안에 용화산에 닿을 수 있을 걸세."

"쿵. 내 걸음이면 이틀이면 도착하겠네."

"뭐? 그 거북이보다 느린 걸음으로 이틀이라고?"

"아!"

구징효가 갑자기 실수한 것처럼 이마를 짚었다.

신공장은 '그럼 그렇지' 하는 표정이 됐다.

"하루로는 안 될라나?"

구징효의 의뭉스런 표정과 함께 나온 대답에 신공장이 눈을 가늘게 떴다.

"그 말, 진심이냐?"

"쿵. 난, 노친네하곤 농담 안 합니다."

"노, 노친네?"

신공장의 눈에서 살기가 번뜩였다.

구징효는 그동안 익숙해져서 신공장의 살기 어린 눈빛에 주눅 들지 않고 고개를 뻣뻣이 들었다.

"어디 그 오만한 발재간 좀 볼까?"

"크큭. 너무 빨라서 못 쫓아올 것 같아도 부르기 없습니다."

"용화산은 눈앞에 보이는 길로 곧장 가면 나온다. 물론 산이고 강이고 모두 통과해야 한다."

"먼저 도착하면 뭘 줄 겁니까?"

"만년한철을 은잠사로 엮은 수투를 주마. 넌, 뭘 내놓을 테냐?"

"항상 그렇듯이 목숨을 걸지요."

"헹. 그까짓 백 번도 넘게 죽었을 목숨?"

"큭. 그, 그까짓? 지금 그까짓이라고 했수?"

"해, 했수? 이놈 보게? 그동안 오냐 오냐 했더니 아주 막 나가는구나?"

"킁. 막 대하는 노친네보다는 천 배는 낫수."

"좋다! 이번에 지면 네놈은 내 손에 죽을 줄 알아라."

"크큭. 신 선배 마음대로 하시죠."

"언제 시작할지 말만 해."

신공장은 구징효를 보며 자신만만한 웃음을 지었다.

"자, 잠깐만요!"

구징효와 신공장이 내기를 하는 모습을 지켜본 부용은 기가 막혀 할 말을 잃었다. 오십대 장년인과 칠십대 노인의 내기야 보는 것만으로도 재미있었다.

그러나 두 사람이 먼저 가버리면 부용 등 네 명은 길도 모르는데 어쩌란 말인가?

"말리지 말게, 소저."

"우린 어쩌라고요?"

부용이 두 사람 앞을 가로막았다.

그러자 신공장과 구징효의 눈이 번쩍였다.

부용은 자신의 말을 듣지도 않는 두 사람을 보며 슬슬 화가 치밀어 오르기 시작했다.

"아무도 못 가요!"

부용은 팔짱을 끼며 두 사람을 노려봤다.

두 사람은 아무런 말도 하지 않았다.

부용이 결국 참지 못하고 팔짱 낀 손을 풀며 두 사람의 어깨를 잡으려 했다. 순간, 신공장과 구징효의 신형이 용수철처럼 앞으로 튀어나갔다.

"헉!"

신공장과 구징효의 신형이 허공으로 솟아오르며 부용의 머리칼이 휘날리게 만들었다.

그때, 부용의 양쪽 어깨를 잡는 손이 있었다.

"부 교검, 어서 운기부터 하게. 이대로는 저들을 쫓아가기 힘드네. 어서!"

만우흔과 검성호가 부용의 양쪽 어깨를 한쪽씩 잡고서 전력을 다해 신법을 펼쳤다. 그제야 정신을 차린 부용은 기를 발바닥 용천혈에 모으며 힘차게 허공을 때린 후 몸을 틀어 두 사람과 나란히 달리기 시작했다.

"죽영은요?"

"죽 교검은 우리보다 먼저 움직였네."

"뭐예요, 지금 나만 속은 거예요? 다들 준비하고 있었죠, 그죠?"

"나는 부 교검도 알고 있을 줄 알았지. 두 분이 내기를 왜 하 겠나?"

만우흔의 말을 듣고서야 부용의 표정이 누그러졌다.

세 사람은 알아들었는데 그녀만 못 알아들은 것이니 더 화 를 내는 것도 우스웠다.

강서성 응담의 용화산.

수많은 봉우리가 이어져 있고, 호랑이가 엎드린 듯한 산세 와 용이 휘감아 도는 자세의 지형이 함께 어우러져 있다고 해 서 용화산이라 불렀다.

용화산이 한눈에 보이는 곳에 세 남녀가 숨을 헐떡이며 서 있었다. 부용과 만우흔, 검성호였다.

"도대체… 죽영은 어디로 갔지?"

부용이 숨찬 목소리로 사방을 둘러봤다.

"분명 이곳으로 향하는 것까진 내 눈으로 확인했네, 부 교 검."

검성호가 난처한 표정으로 대답했다.

신공장과 구징효의 내기에 대한 생각이 어느 순간 바뀌었 다. 두 사람이 어쩌면 진짜로 목숨 걸고 내기에 임했을지도 모 른다고 여기게 된 것이다.

그렇지 않고서야 따라오는지 확인도 하지 않고 사라질 리가 없었다. 더구나 엎친 데 겹친 격으로 가장 앞에서 신공장과 구 징효를 따라가던 죽영조차 놓치고 말았다.

"아, 몰라요. 여기서 기다리면 찾아오겠죠. 배가 고파서 꼼짝도 할 수 없어요."

부용은 하루 반나절을 꼬박 달려왔다.

끼니와 갈증을 겨우 나무 열매 몇 개로 해결한 채 쉼없이 달려왔으니 지치는 것이 당연했다.

"근처에 먹을 것이 있는지 찾아보고 오지."

검성호가 지친 다리를 이끌고 숲으로 들어갔다.

잠시 후, 검성호는 숲으로 들어갈 때와 비교도 할 수 없는 속도로 튀어나오며 부용과 만우혼에게 빨리 오라는 손짓을 했다.

부용과 만우혼이 숲으로 들어가자 그곳에는 기묘한 대치 상태가 벌어지고 있었다.

신공장과 구징효가 거대한 배를 두드리며 선 노인과 대화를 나누고 있었고, 죽영이 어쩔 줄 몰라 하는 표정으로 가만히 서 있었다.

"뿌하! 이제 다 모였군. 갑시다, 신 노사."

악승은 다가오는 부용과 만우혼, 검성호를 보고는 특유의 웃음소리와 함께 따라오라는 손짓을 했다.

"이 숲만 지나면 신 노사가 활약할 공간이 나옵니다. 어때요, 신나지 않소?"

악승은 신공장의 기분을 띄워주며 쉴 새 없이 말을 건넸다. 몇 번은 신공장도 받아주었으나 이어진 악승의 수다에 입을 닫고 말았다.

"주군께서 신 노사를 모셔오라고 하신 뒤로 의견이 많았지 뭐요? 내가 신 노사의 손이 신수라고 그토록 강변을 했는데도 사람들이 도통 믿지를 않으니 별수없이 황보세가를 보고 오라고까지 했소. 황보세가를 보고 온 부하들이 그제야 신 노사의 솜씨에 입이 이만큼이나 찢어졌지 뭐요? 뿌하하!"

"아, 그렇게까지……."

신공장은 멋쩍은 웃음과 함께 손을 저었다.

"그래서 신 노사는 칭찬을 좋아하지 않으니 한 번 만 더 칭찬하면 죽여 버리겠다고 했습니다."

"컥!"

"뿌하! 농담입니다, 농담."

악승은 놀란 눈이 된 신공장을 보며 웃음을 터뜨렸다. 하나 악승의 표정을 본 신공장은 웃을 수 없었다. 악승의 얼굴은 농담과 진담이 구별되지 않는 구조로 되어 있었기 때문이다.

"그나저나 지금 가면 천마를 만날 수 있는 겁니까, 악… 대장로?"

"기별을 했으니 곧 오실 게요."

"기별? 그럼 이곳에 없다는……."

"신 노사."

"……?"

"기별을 했다잖소."

"……!"

신공장은 입을 다물었다. 그리고는 옆에 꿔다놓은 보릿자루처럼 서 있는 구징효를 탓하는 눈으로 쳐다봤다. 마치 구징효 대신 물어봤다는 듯이.

그때였다.

"죽영, 저 뚱뚱하고 못생긴 노인은 누구야?"

부용은 시끄러운 악승의 수다를 견디지 못하고 죽영에게 정체를 물었다. 그러자 죽영은 사색이 되어 부용의 입을 막았다.

그 행동의 급박함은 도왕과 함께 있을 때보다 더하면 더했지 결코 못하지 않았다. 부용은 죽영이 손으로 입을 막자 안그래도 가쁜 숨을 몰아쉬기 힘들어, 힘껏 뿌리쳤다.

"왜 그래?"

"쉿!"

죽영의 눈동자가 크게 흔들렸다.

그때, 모든 사람들의 발걸음이 멈췄다.

한 사람이 제자리에 멈춰 선 까닭이다.

"소저? 지금 내게 한 말인가요?"

악승의 가늘어서 보이지도 않을 것 같은 눈이 부용을 향했다.

'무슨 저런 눈이 다 있지? 아무리 보려고 해도 너무 작아서 안 보이잖아!'

부용은 보이지 않는 악승의 눈을 보기 위해 눈을 가늘게 떴고, 그 모습은 악승을 노려보는 것처럼 보이기에 충분한 조건을 가지고 있었다.

"뿌웁뿌웁. 그러고 보니 소저에겐 아직 내 소개를 하지 않았군요. 저는 혈교의 대장로를 맡고 있는 악승이라고 해요."

악승은 부용에게서 신공장과 구징효와 죽영이 보인 반응을 기다렸다. 하지만 눈을 몇 번이나 깜빡일 때까지 부용은 아무런 반응을 보이지 않았다.

"근데요?"

"⋯⋯!"

악승의 눈썹이 크게 휘었다.

전신을 뒤덮고 있는 그의 거대한 살들이 서로의 안부를 묻듯이 일일이 떨림을 만들어냈다.

"신 노사, 서두릅시다."

악승은 멋쩍은 눈으로 신공장에 짧게 말한 뒤 자리를 떠나려 했다.

그 모습에 부용은 죽영을 돌아보며 황당한 표정으로 목소리를 내진 않고, '뭐 저렇게 싱거운 사람이 있어? 라는 입 모양을 했다.

꿀꺽.

죽영은 혹시라도 부용이 소리를 낼까 봐 애타는 마음이 되어 고개를 계속해서 내저었다.

'어째서 부용이 풍령 악승을 모르는 거지?'

죽영의 의문은 아주 간단했다.

부용은 평소 사람의 이름보다 별호를 기억하는 쪽에 익숙했다. 아마도 악승이 자신을 소개할 때 풍령 악승이라고 했다면 부용 역시 죽영과 마찬가지로 제자리에서 굳어졌을 것이다.

"죽 교검, 정신이 하나도 없네. 저 두 분이 왜 저렇게 쩔쩔매는 거지?"

만우흔은 악승 앞에서 쭈뼛대는 두 사람의 모습에 궁금함을 참지 못하고 물었다. 부용도 궁금했는지 귀를 쫑긋 세우며 죽영을 돌아봤다.

"저 두 분이 아니라 호검 두 분이 함께 계셔도 마찬가지였을 겁니다."

죽영이 조용한 목소리로 대답했다.

만우흔과 부용이 믿을 수 없다는 표정으로 영락없이 타락한 땡중의 뒤태를 가진 악승을 바라봤다.

第十章

수라혈

천산마제

구징효와 신공장이 용악을 찾아 용호산으로 향할 때, 용악은 꼬박 사흘을 걸려 광동성 혜주에 도착한 상태였다.

"시마, 어디쯤인지 알 수 있느냐?"

"신녀가 알려준 장소는 이곳이 분명합니다. 주군, 피곤해 보이십니다."

공투는 용악의 손을 보며 걱정스러운 눈이 됐다.

사마중경과의 대결에서 입은 상처가 아직도 회복되지 않고 있었다. 아니, 공투의 눈에는 그렇게 보였다.

용악이 사림에 들렀다가 곧장 이곳으로 온 데에는 이유가 있었다. 신녀로부터 수라혈의 본거지를 발견했다는 보고를 받았기 때문이다.

용악은 신녀의 보고를 받자마자 쉴 생각도 하지 않고 곧장 시마를 대동하고 길 떠날 채비를 꾸렸다.

사림에 있던 모든 사람들, 특히 악승은 말도 안 된다며 길길이 날뛰었다. 하나 용악과 단둘이 얘기를 하고 나온 악승은 완전히 바뀌었다. 오히려 걱정하는 공투를 설득해서 용악과 동행하도록 만든 것이다.

'대장로께선 도대체 무슨 생각으로 물러나신 거지? 금방이라도 쓰러질 것 같은 주군이 떠나시도록 두다니……'

시마는 이번 혜주행에서 목숨을 바칠 각오를 했다.

수라혈이 사림, 파천마궁과 함께 사파삼대세력으로 불린다는 것쯤은 시마도 알고 있었다.

무인은 죽음을 한 고비 넘길 때마다 강해진다는 말을 공투는 믿기로 했다. 적혼과의 대결에서 마지막 일수를 교환했다면 죽는 쪽은 어쩌면 공투일 가능성이 컸다.

운이든, 무엇이든 공투는 그 상황을 이겨냈다.

이번에도 이겨낼 것이다.

용악이 준 목숨, 언제든 버릴 준비가 되어 있었다.

황산에서 헤어진 사부 조빈이 문득 생각났지만 그 또한 공투의 선택이었다.

"시마, 가자."

용악은 갈라진 입술을 떼어내며 발걸음을 옮겼다.

공투의 속에서 갑자기 불길이 확 치솟았다.

"안내하겠습니다."

이를 악다문 공투는 용악의 지친 모습을 보기 싫어 앞장섰다.

용악은 앞으로 나서는 공투를 보며 피식 웃었다.

'걱정을 시킬 정도로 안 좋아 보이나?'

십인회 총단으로 가는 길에 만난 겁 많고 약한 청년이 어느새 주군을 위해 목숨도 내걸 줄 아는 십대마인 중 한 명이 되어 있었다.

훌륭한 선택이었던 것이다.

그러나 공투의 걱정은 기우였다.

용악이 입에 거품을 물 정도로 반대하는 악승을 설득시킨 데엔 이유가 있기 때문이다.

"주군, 절대로 못 보내드립니다. 정 가시려거든 저와 천마구로를 대동하고 가서야 합니다."

"악승, 난……."

"안 됩니다."

"악승, 한 번 만 더 내 말을 막으면 발바닥만 빼놓고 모두 땅에 집어넣을 거야."

"……."

"천마수가 찢어졌다."

"히익!"

"지금은 쉬는 것보다 움직일 때야. 마침 수라혈의 본거지도 알아냈다고 하니 잘됐지."

용악과 악승의 대화였다.

대화는 간단했지만 그 안에 담긴 의미는 결코 간단하지 않았다.

용악에게까지 천마수가 내려왔다는 것은, 역대 천마들 중 누구도 천마수를 찢은 사람이 없었다는 것을 의미하는 것이다.

그것을 용악이 해냈다.

악승이 더 놀란 것은 용악이 천마수가 찢긴 상태에서 살아난 것이 아니라, 한 단계 더 위로 올라가려 한다는 사실 때문이었다.

악승은 당장 짐을 챙기겠다고 했지만 용악은 악승이 아닌 공투를 선택했다. 섭섭해하는 악승에게 용악은 한마디만 해주었다.

혈교를 지킬 사람은 전대 십대마인이 아니라 당대의 십대마인이어야 한다고. 그래서 시마와 함께 가겠다고.

악승은 용악만이 느낄 수 있는 복잡 미묘한 표정을 풀지 않다가 결국 승복할 수밖에 없었다.

"주군, 이곳에서 잠시 기다리십시오. 제가 주위를 좀 더 돌아보고 오겠습니다."

공투는 야트막한 구릉 너머를 눈으로 가리키며 혼자서 움직이려 했다.

"갈 필요 없다, 시마. 그냥 쭉 가자."

용악은 공투의 말을 무시하고 지쳐 보이는 걸음으로 발을 옮겼다.

"주군……."

"시마, 네게 보여줄 것이 있다. 악승이 아닌 너를 데려온 이유이기도 하다. 지금부터 너는 싸움에 끼어들지 말고 지켜보기만 해라."

"……!"

쿵쿵쿵쿵!

별말이 아닌데 갑자기 공투의 심장이 요동을 쳤다.

다른 사람이 말을 했다면 그런 일은 일어나지 않았을 것이다. 용악이기에, 용악이 한 말이기에 심장이 뛰었다.

공투는 말하는 것도 힘겨워 보이는 용악의 쩍쩍 갈라진 입술을 안쓰럽게 봤었다. 적어도 조금 전의 한마디를 하기 전까지는 그랬다.

지금은 아니었다.

한 걸음, 한 걸음 어렵게 내딛는 용악의 뒷모습에서 빛이 나는 것 같았다.

'내 눈이 왜 이러지? 왜 주군의 몸에서 빛이 나는 것처럼 보이는 거지?'

공투는 자신도 모르게 앞으로 일어날 싸움을 지켜보기 위해 눈을 부릅뜨며 용악의 오 장 뒤에서 따라갔다.

용악이 가는 방향은 정확했다.

공투가 살기를 느꼈던 그 방향이었다. 하나 용악을 따라가던 공투의 표정이 묘하게 일그러졌다.

살기가 느껴지던 곳으로 다가갈수록 아무것도 느낄 수 없는 희한한 일이 벌어졌기 때문이다.

*   *   *

강호의 소식에 어두운 사람도 귀만 조금 열면 들을 수 있는 소문이 천하를 덮고 있었다.

그중 단연 압도적인 것은 천마에 대한 것이다.

천마가 사림의 고수들을 대동하고 파천마궁을 흡수했으며, 금지된 무공을 익힌 십인회 총단을 단신으로 쳐들어가 와해시키고, 그 상태에서 도왕과 싸워 멀쩡하게 자리를 떠났다고 했다.

강호 전체가 천마에 대한 얘기로 들끓고 있었다.

그로 인해 가장 피해를 받고 있는 곳은 다름 아닌 사파삼대 세력 중 한 곳인 수라혈이었다.

수라혈주 비천일.

그가 혈교에서 가지고 나온 무공은 마기와 살기를 숨길 수 있는 은마신(隱魔身)이란 살법서였다.

그 덕분에 그는 지금까지 총 다섯 번의 살행에서 실패한 적이 없었다. 하나 강호는 그의 살행을 기억하지 않았다.

혈교의 무공으로 싸워야 했던 단 한 번의 대결만으로 수라혈은 사파삼대세력이라 불리게 됐다.

당시의 대결은 은마신을 익히고 있기에 이길 수 있는 대결이었다. 그 후로 비천일은 대결을 피하고 은마신을 완성하는데 모든 것을 바쳤다.

현재 그가 키운 수라는 아홉 명이다. 그들 중 어느 한 사람도 강호에 내보내면 죽이지 못할 자가 없는 실력을 갖추고 있었다.

그런 상황에서 천마가 등장했다.

혈교의 율법대로라면 벌써 천마를 찾아가 충성을 맹세하고 예속됐어야 했다. 하나 인간의 마음이란 간사한 것이다.

비천일은 언제고 천마가 찾아올 것을 믿어 의심치 않았다. 그날이 오늘이었다. 무척이나 오랜 기다림이 오늘로 종지부를 찍게 된 것이다.

천마를 죽이든, 천마의 손에 죽든.

"사부님, 그가 우리들 영역 안으로 들어섰습니다."

완전한 어둠이 내린 공간을 아홉 수라 중 한 명의 목소리가 채웠다.

스르르.

비천일은 감고 있던 눈을 떴다.

하지만 어둠 속에서 눈을 떴음에도 그의 눈동자는 빛을 뿜어내지 않았다. 그 어떤 환경에서도 적응할 수 있는 몸, 은마신을 이뤘기에 가능한 능력이었다.

"처음엔 일 단계, 다음엔 삼 단계… 그리고 나서도 살아 있다면 이 방으로 들여보내라."

비천일이 말을 끝내는 순간 방 안은 처음부터 아무것도 없는 공간인 것처럼 침묵으로 빠져들었다. 이 역시 은마신을 이룬 결과였다.

어둠이 흘렀다. 움직이는 것이 아니라 흘렀다.

'아홉 수라를 막아보시오, 천마.'

*   *   *

턱. 턱. 턱.

용악의 걸음은 느리며 지쳐 있었다.

구릉 위의 살기는 이미 한참 전에 느끼고 있었다.

숨어 있는 살기를 어떻게 상대할 것인지에 대한 고민 따윈 용악의 머릿속에 없었다.

척.

가장 먼저 살기가 일어났던 장소 앞에 섰다.

용악은 먼 곳을 바라보는 듯이 가만히 서 있었다.

아무런 의지도 담지 않았고, 행동도 하지 않았다.

용악의 발아래에는 비천일이 키운 아홉 수라 중 한 명이 숨어 있었다. 살기는 물론이고 호흡, 장기의 움직임, 열기까지 모두 사라지게 만든 상태였다.

'이자, 내가 이곳에 있는 것을 알고 있다. 어떻게?'

아홉 번째 수라는 우연이라 여기고 싶었다.

"차라리 흙이 되었으면 좋았을 것. 있어야 할 곳에 없으니 찾을 수밖에."

용악의 지친 목소리는 땅속에 숨어 있던 아홉 번째 수라로 하여금 절망하게 만들었다.

'내가 상대할 수 있는 자가 아니다.'

절망조차 흘리지 말았어야 했다.

푸― 욱!

용악의 발이 땅을 살짝 눌렀다가 떼어졌다.

"하나……."

용악은 다시 움직였다.

용악이 지나가고 그 자리에 공투가 섰다.

"아!"

공투의 전신이 소름으로 뒤덮였다.

공투가 선 바로 앞에 발자국이 하나 찍혀 있었다.

용악이 남긴 발자국이었다.

그제야 공투는 뒤를 돌아봤다. 꽤나 긴 거리를 걸었으면서도 용악은 한 번도 땅에 발자국을 남기지 않았다.

'인간이 맞으십니까?'

존경심을 떠나 경외감마저 드는 공투였다.

다시 걷기 시작한 용악이 또다시 멈춰 선 곳은 전혀 의외의 장소였다.

바위 앞.

용악이 그 앞에 서서 또다시 혼잣말을 시작했다.

"이렇게 한적한 곳이면 아무렇게나 버려진 바위 하나 정도는 있어야겠지. 지나쳐야 하지만 너무 내 생각과 일치해서 지나칠 수가 없다."

용악은 바위를 향해 손을 뻗었다.

툭.

가볍게 손가락 하나가 바위에 닿았을 뿐이었다.

투학!

용악이 보고 있는 정면이 아닌 바위 뒤쪽이 터져 나가며 붉은색 물감이 바닥을 적셨다.

"둘."

용악은 또다시 힘겨운 발걸음을 옮겼다.

*　　　*　　　*

"둘이 죽었습니다."

"벌써?"

"그는… 너무 완전한 상태여서 아홉째를 찾아냈다고 했고, 있어야 할 곳에 있어서 여덟째를 찾아냈다고 했습니다."

스스스.

어둠이 출렁거렸다.

비천일의 감정이 출렁거린 것이다.

"너무 완전하고, 있어야 할 곳에 있었다? …이곳으로 안내해라."

비천일은 첫째에게 명령을 내리고는 또다시 눈을 감았다.

'너희들을 어둠에서 끌어내 줄 사람이길…….'

은마신을 완성하고 살법을 아무리 완벽하게 익혔다고 해도 결국은 살수였다.

다섯 번의 살행과 한 번의 대결.

무공이 아닌 살행은 그에게 일점홍이란 이름을 주었고, 단한 번의 대결은 사파삼대세력의 수장으로 만들어주었다.

애초에 아홉 수라는 살수로 키우기 위해 데려왔다.

그러나 세월이 흐르며 아홉 수라에게 친혈육 이상의 감정이 생기고 말았다. 그들을 평생 어둠에 갇혀 살게 하고 싶지 않게 된 것이다.

아홉 수라의 첫째는 용악을 직접 보고 세 가지에 깜짝 놀랐다. 하나는 너무 젊어서였고, 둘은 너무 지쳐 보였으며, 셋은 위 두 조건에도 불구하고 그가 죽일 수 있다는 확신이 서지 않았기 때문이다.

용악이 첫째가 있는 곳으로 눈을 돌렸다.

첫째는 모습을 드러내지 않고 비천일이 있는 장소로 움직였다. 역시나 용악의 걸음이 첫째를 따라왔다.

첫째가 신형을 멈춘 곳은 동굴 앞이었다.

용악과의 거리가 이십여 장 정도 됐을 때 첫째는 벽으로 스며들 듯이 사라졌다.

비천일은 평생 살행만으론 뭔가가 부족하다는 생각을 해왔다. 그래서 그 부족함을 채우기 위해 은마신을 익혔지만 그로 인해 한계는 더욱 빨리 왔다.

무공이라면 비천일보다 자질이 뛰어난 자들은 널리고 널렸다. 살행이기에 가능했던 자신감이란 것을 비천일 자신은 몰랐던 것이다.

턱. 턱. 턱.

누군가 비천일을 향해 다가왔다.

"천마시오?"

"수라혈주인가?"

"맞소."

"아직도 앉아 있을 건가?"

"일어나야 할 정도인지 아직 몰라서 그런 거니 이해하시오."

"도구들을 잘 만들었더구나."

은신해 있던 비천일의 제자를 가리키는 말이었다.

도구란 말에 비천일의 눈이 떠졌다.

그렇게 불리도록 키운 제자들이 아니었다.

"감정이 느껴지는데 흔들림은 없다… 강하구나."

용악의 한마디에 비천일의 감정은 더욱 크게 술렁거렸다.

용악은 빈말을 하지 않았다.

이곳까지 오는 동안 죽인 두 명은 인형과 같았다.

색(色)이 없었고, 형(形)이 없었으며, 의(意)가 없었다.

완전함의 잘못된 추구로 인해 만들어진 사생아들이었다. 반면에 비천일은 감정을 가지고 있었다.

"자신이 가진 것은 모두 단점 같지. 그것이 얼마나 큰 장점인지 알기까지… 너는 많은 시간이 걸린 것 같구나."

"……!"

비천일의 놀라는 모습이 용악의 머릿속에 그려졌다.

"천산에 있을 때 조화수란 살수와 싸운 적이 있다. 눈과 하나가 되고 하늘과 하나가 되던 자였지. 조화수는 너의 인형들과 비교해도 손색이 없을 정도로 완전한 무(無)를 추구했다."

왜 아홉 수라가 실패했는지 용악의 말속에 모두 담겨 있었다.

비천일은 소리없이 자리에서 일어났다.

"좋은 아이들입니다. 곁에 두고 빛을 보여주십시오."

그동안 비천일이 짊어지고 있던 무게가 느껴지는 말이었다.

"놓으려는 건가?"

"기다리고 있었습니다."

"놓지 마라."

"평생을 익힌 은마신입니다."

비천일의 손이 어둠 속을 헤집기 시작했다.

이미 어둠과 동화된 그의 전신은 수증기와 마찬가지였다.

"아쉽구나. 내 손이 원래대로 돌아오기 전에 만났으면 낭패를 겪었을지도 모르겠다."

용악이 할 수 있는 최고의 찬사였다.

비천일은 천마로부터 인정을 받았다는 사실 하나만으로도 죽음 따위는 홀홀 털어버릴 수 있었다. 그러자 그의 은마신은 마신(魔神)의 그것처럼 공간을 지배해 갔다.

턱. 턱. 턱.

동굴 안에서 들려온 규칙적인 소리에 밖에서 기다리고 있던 일곱 수라는 한쪽 무릎을 꿇었다.

용악은 밖으로 나와 그 광경을 보고 허공으로 시선을 던졌다.

일곱 수라 누구도 슬퍼하는 자가 없었다.

감정이란 것을 철저히 배제시켜 온 비천일의 잘못된 수련 때문일 것이다.

"주군!"

공투가 이제야 용악을 찾은 모양이다.

용악은 공투가 다가올 때까지 기다렸다가 다시 발을 뗐다.

"여전히 안색이 좋지 않으십니다."

"…슬펐다."

"……?"

공투는 자신의 귀를 의심했다.

용악의 입에서 나올 수 없는 말을 들은 것 같았기 때문이다.

"가자."

"예."

공투가 대답을 하며 안내하기 위해 움직이려 했으나, 용악은 자리에서 꼼짝도 하지 않았다.

"가자."

용악의 입에서 같은 말이 다시 흘러나왔다.

이 또한 공투의 눈에는 신기하게 여겨졌다.

같은 말을 두 번 하는 용악을 처음 본 까닭이다.

한쪽 무릎을 꿇었던 일곱 수라가 일제히 일어섰다.

"동굴을 향해 모두 아홉 번씩 절을 올려라."

용악은 무표정한 얼굴로 따라오려는 일곱 수라에게 구배지
례를 시켰다.

일곱 수라는 한마디도 묻지 않고 동굴을 향해 구배지례를
올렸다.

"비 혈주, 너의 제자들이다. 그리고 네가 보지 못한 빛을
보게 될 십대마인과 그의 형제들이다. 첫째, 너의 이름은
지금부터 적(赤)이다. 그리고 등(橙), 황(黃), 녹(綠), 청(靑),
남(藍), 자(紫) 순으로 부르겠다. 적."

"적입니다."

일곱 수라의 첫째가 대답하자 나머지 여섯 명이 차례로 정
해준 이름을 따라 했다.

"적, 네겐 이름이 하나 더 있다. 수라혈군이다."

"적의 또 다른 이름은 수라혈군입니다."

적은 조금의 망설임도 없이 대답했다.

용악의 지쳐 보이던 얼굴에 약간의 생기가 감돌았다.

십대마인에 한 명이 더 오르게 됐다.

〈제7권 끝〉

魔군宗사 마도종사

백일 新무협 판타지 소설

**문피아 연재 시 화제를 불러일으켰던 바로 그 작품!
비장미로 감싼 전율적인 마도의 영웅 서사!**

화산을 불태우고 무당을 짓밟았노라.
소림을 멸문시키고 대정(大正)의 뿌리를 멸종시켰노라.
강호는 이런 나를 잔인하다고 말하지 말라.
참된 용사는 마인으로 배척되고
위정자가 영웅이 되는 세상이라면,
나는 아귀의 심정으로 칼을 들어 이 세상을 열 번도 더 파멸시키겠노라.

**아비의 혼을 가슴에 품고 무너진 마도의 뜻을 바로 세우기 위해
훗날 위대한 마도의 종사가 될 무인이 일어선다!**

마도종사 능비, 그의 전설에 주목하라!

화마경

火魔經

허담 新무협 판타지 소설

FANTASTIC ORIENTAL HEROES

대호산의 다섯 산적이 자칭 천하제일인을 만난다.

괴노 마효(魔梟)!
그는 정말 천하제일인이었을까?
그의 화마경은 정말 천하제일무경일까?

인간의 마음속에 억압된 자아를 끌어내는 자(者)의 무공!
그 화마경의 세계로 다섯 산적이 뛰어든다.

"본래 사람 사는 세상이 화마의 세계인 거다."

유행이 아닌 자유추구 -
WWW.chungeoram.com
Book Publishing CHUNGEORAM

마도협객전

백무진 新무협 판타지 소설

魔道俠客傳

마도(魔道). 난폭하지만 자유로운 하늘.
협객(俠客). 약자를 지키고, 정의를 위해 싸우는 자.

마인(魔人)이면서 마인을 사냥하는 자.
마인으로서 마인을 지키는 자.
그리고… 마인이면서 협(俠)을 지키는 자.

마군지병(魔君之兵) 육마겸(六魔鎌)을 소유.
구룡성(九龍城) 오마(五魔) 중 살마(殺魔)의 후예.
진마(眞魔) 육영마군(六影魔君) 무진!

독보적인 마도협객의 대서사시!

유행이 아닌 자유추구 -
WWW.chungeoram.com
Book Publishing CHUNGEORAM